惡之教程

笭菁——著

目錄

第一課

特權階級

我是個作家，但或許是個奇怪的作家，因為我沒有筆電。

我使用桌機，從工作桌、工作椅、鍵盤位置，都依照人體工學來規劃，為了不使手痠、不產生腕隧道症候群，人體工學的座椅後背均有支撐，除了避免職業傷害外，這一切的起源來自於我只會打機械式鍵盤、以及只會使用舊注音ㄅ半。

筆電的系統難以相容ㄅ半，我說的不是微軟注音，而是久遠時代的ㄅ半，那種有相關字詞，打出來後還要選字，而且還得是「只顯示BIG5字集」的版本，不能有簡體字！因為我已經對字的順序熟練到手指都是肌肉反射動作，不需經過大腦的，一旦字的順序不對，就會打得亂七八糟。

綜合上述種種，我無法使用筆電，障礙很嚴重，甚至比我用手機打字還慢。

大家總以為作家都會去咖啡廳寫作，很遺憾的，這種想像不會發生在我身上，我外出是不工作的，出去就是要玩啊，幹嘛工作？

到了咖啡廳，就是真的來喝咖啡、享受寧靜，或是思考一下需要沉澱的事物！噢，還會戴上耳機看影片、打個電動，就是不工作。

平日白天的時間，咖啡廳是個好地方，多半都很安靜，當然疫情之後因為許多人採遠距，常有人將咖啡廳當辦公室也是正常；但往往高談闊論，分貝拉得老大，全世界都知道他在開會、或是跟業主談話。

有時一張長桌上有六個隔板，就有六個不同公司的人，大家簡直是在音量大ＰＫ，好像不夠大聲，就會顯得他們不夠認真似的。

於是，我會先避開連鎖咖啡店、再逛一圈，確定沒有太多這麼認真澎湃的上班族後，才會選擇入座，久而久之，就會有習慣去的寧靜咖啡館了。

喝咖啡一定要配點心，這是我的定番，耳機戴起後，便開始沉浸在自己的世界中。

筆記本裡記下的待辦事項，還有工作時程，如果在這時想到什麼新點子，我也會順手寫下來當做未來的參考……

「我沒有！」

夾帶著哭聲的尖吼傳進耳裡，分貝之大，連正在聽音樂的我都能聽見，我是坐在靠窗的個人位子上，悄悄向左方的櫃檯裡瞄去，員工們臉色有點怪異，他們努力做著自己的事，櫃檯末端有個用布簾遮住的廚房區，聲音是從那邊傳進來的。

我再往左後方瞄去。

「我又不是故意的！」女孩的聲音持續激烈的傳來，「我之前就有傳LINE跟她說了！」

「傳LINE？什麼都用傳的，妳為什麼不直接打電話給她？我交代過妳要負責這件事的！」

店裡只有我跟另一桌客人，現在也沒其他現場客，所以吵架的聲音異常明顯，還帶了點回音咧。

咖啡機那兒的員工們尷尬不已，對上我們的眼時只能賠著笑臉，他們明顯不知道該怎麼辦；我算了算店內的員工，突然意識到，哭泣中的女生應該是那個綁高馬尾的女孩吧，她是這間店的店長！

有個瘦高的男生始終站在櫃檯邊，相較於其他同事的侷促不安，他卻鎮靜許多，像是在聽著裡頭的爭吵聲，然後沉吟著，最終他朝裡頭走了進去。

再一會兒，就是我之前常看到的高馬尾店長，已經脫下制服，抓著自己的外套衝出內間，連包包都來不及背繼續朝店外衝出去，臉上還帶著淚水。

哇，感覺發生什麼大事耶！店長居然就這樣離開了，店內的其他員工顯得有點惶恐，我的注意力則回到我在追蹤的 YouTube 頻道上，直到桌邊端上來另一盤蛋糕。

送蛋糕來的是剛剛進去的高瘦男孩，他還順便為我加水。

「嗯？」我錯愕的抬頭，「我沒有點喔！」

「這是招待的，抱歉剛剛吵到您了。」他靦腆的笑著。

「還好吧，剛剛那個不是店長嗎？好像哭得很傷心。」我算常客，大家都算相互認識。

「呃……她……。」男孩像是思考著該怎麼說，但最終劃上一個笑容，「不管怎樣，抱歉打擾了。」

四兩撥千金，他回答我一個我不好再問下去的答案，畢竟這是人家店裡的事，我又不八掛，問這麼多做什麼？

這時，我這才留意到他的制服上，多了一個「店長」的名牌。

哇！即刻晉升！那這樣剛剛那個高馬尾店長是一秒離職了嗎？

我斷斷續續在這裡喝了一年有餘，當初走進這間店時，那個女孩就是店長了，之前聊過天，她在這裡已經做了三年，不僅是資深員工，還是店長，深受老闆喜愛，因為做事勤快又機靈，店長當之無愧。

到底發生什麼大事，可以一夕被辭退？

但，人家店裡的事我不好問，我接受了賠禮的蛋糕，也留意到突然接手的新店長竟然如此從容且遊刃有餘，彷彿剛剛店裡的紛爭絲毫不影響他。

那高馬尾女孩或許過了今天就會懂，平常就算再怎麼備受器重，也需如履薄冰。

因為人心難測，比冰還薄。

我寫鬼，其實寫的是人，人比鬼可怕太多了。

鬼出現就為復仇，有仇報仇有冤報冤，但是，人就不一樣了，多少人在職場上被同事捅刀，被親人背叛？往往無冤無仇，有時是利益糾葛、有時純粹看你不順眼。

在很多訪談中，都會問說為什麼我擅寫人性？看了覺得好黑暗又覺得好真實，何以能知道這麼多？

或許我有細微的觀察力，或許我有不錯的記憶力、或許我有許多身上懷有故事的朋友們，再加上點想像力，便能透過自己的雙眼、朋友們的人生經歷，為自己做警惕、也為一篇篇故事加分。

而那個高馬尾的店長，就讓我想起其中一位好朋友陳堯秀的經歷，她小學高年級的導師，曾給她上過一課震撼的惡之課程，讓她提早看清社會，也讓她受用無窮。

◎◎◎◎◎

整個求學時期中，不過哪個階段，所有老師們嘴上都說五育並重，但其實唯一關注的就只有「成績」，其他科的優秀不過是錦上添花；基本上成績好的學生就是備受眷顧，成績不好的便會忽視，成績不好又調皮搗蛋愛鬧事，那就絕對是常挨打的一群了。

高年級的時候，陳堯秀遇到了一個非常「特殊」的男導師，起初的特殊是因為他很凶，有種不怒而威的威嚴，一雙眼睛目露凶光，隨便一瞪就能讓學生恐懼；第二種特殊，是因為他在整個五年級老師中，年紀略長，且做人十分成功，甚至是該學年的主任，因此，其他老師們都非常尊重他。

可是，他對於班上學生的分級格外明顯，對成績好的同學其態度就相當溫和，尤其是成績好又乖巧聽話的學生，所以成績一直不差又靈巧的陳堯秀便是他很寵愛的學生之一。

會說之一，是因為這位導師最寵兩個學生，而且都是女生，但有趣的是個性天差地別，一個是聰穎機靈反應快，一個是溫吞傻甜慢半拍。

導師也姓陳，所謂陳林滿天下不是說假的，非常普遍的姓氏，但當時學生們都暱稱他叫「八爺」！其實在那個年代，根本沒有「宮鬥」這個詞，但最可怕的卻是：明明只是小學生，明明大家應該是在純真的時代，可是在行為表現上，卻處處都能展現出人的劣根性：鬥爭。

而老師們，卻輕易成為助長這種風氣的推手。

說說這位頑皮學生都會聞之喪膽的八爺，他處罰學生可是辣手鐵腕，多少男同學可以被打到屁股青紫，連坐下來上課都辦不到，班上再頑劣的學生都會懼怕他；但是，他卻對好學生極為和顏悅色，強烈的對比讓學習力強的學生們即刻領悟到「偏心」的真諦。

八爺對待好學生不只是態度上，他還會給予獎賞或是極大的特權，而孩子們就會為了搶奪這個特權，展開拙劣的鬥爭；不過小學生嘛，最多都是打打小報告、或是跟老師抱怨不公平之類的，這都無傷大雅，可是私底下卻會自然而然的產生派系。

上位者的行為，絕對是決定下頭人們行為模式的關鍵。

畢竟年紀大歷練多，八爺在開學後沒多久，便將學生分出了幾類，然後挑出了他喜歡的幾個學生，給予擔任股長之職，長大後的我們看那些小學生的股長沒什麼，但在小學單純的環境中，這可是具有成就感與榮譽感的重要事情。

而陳堯秀，便是他的重要左右手之一，她連班級打掃時間都不需要被分配工作，只需要負責導師桌子的清潔即可；陳堯秀與小怡是八爺最疼愛的兩個學生，除了他們之外，誰都不許動老師的桌子、開老師的抽屜，陳堯秀甚至還可以代導師傳達命令。

小怡就是個傻白甜溫吞系，就因為做事比較不靈光，所以重要的事都是陳堯秀負責，但八爺也從未說過什麼。

這份榮譽使得陳堯秀得意至極，在那個她還不懂什麼叫「囂張」的年代，她就已經相當囂張，因為導師讓她明白：她不但是導師的代言人，還是班上的「總風紀」。

這是八爺自己設的職位，陳堯秀能管全班的秩序，凌駕於班長、副班長或風紀之上，這三個股長也必須聽陳堯秀的；這對一個十一歲的孩子而言，真的是走路都有風了。

不過，在看起來很囂張的同時，陳堯秀要付出的並不算少，榮譽與責任是同時要扛的；例如秩序太糟時，導師第一個當然是找她算帳；平時出公差、幫導師四處跑腿的工作，也只有陳堯秀一個人負責。

八爺也告訴過她，這是因為陳堯秀夠聰明、夠靈活，反應夠快，很多事他不放心交給別人做。

到後來，陳堯秀甚至負責了「標會」事宜。

這聽起來很扯，但事情就是這樣，畢竟八爺是高年級的主任，當會頭也是理所當然的，其餘老師跟他的會，都是在學校寫標單；陳堯秀甚至有一張會腳的老師名單列表，每個月到了時間，她便要隻身負責到各班級去找老師們收「標單」，當然每個老師都會交代她不許打開來看。

精明如陳堯秀，自然很聽話，壓制住好奇心，好整以暇的收妥紙條再交給八爺。只是收標單的時候都是利用上課時間，也就是其他學生在上課，但陳堯秀不必，她甚至不知道為什麼八爺認為她不需要上課沒關係了！

但夜路走多了總會碰到鬼，有一次在上課中，陳堯秀去收標單時被教學組長遇到，他詢問陳堯秀上課時為何在外面亂晃？而且當下陳堯秀人是在三年級的班級走廊，沒有好的藉口真的圓不過去。

結果陳堯秀卻超自然的回覆主任：「因為我們上到跟三年級有關的課，老師叫我來跟某某老師借教材。」

而陳堯秀也真的大方進入該班級，對該老師使用這個理由，還抱著教材離開……當然也把標單妥善的帶走了。

這件事讓八爺大喜，再三說他選對了人，放學後他帶陳堯秀卻吃刨冰，以茲鼓勵！

陳堯秀當然格外得意，被肯定心情好到簡直要飛上天了，但種種特權卻讓班上其他同學都非常不爽！人人對陳堯秀都有敵意，最常嗆陳堯秀「憑什麼」，每次她下令時同學都會反對，陳堯秀的個性本來就不是軟柿子，來一嗆一，爭執頻仍，而八爺就算知道也不以為意，對他而言這都小事，陳堯秀自己會處理好的。

◎◎◎◎◎

同學間的不平還是會累積，終於到了某天累積到極點時，爆發了激烈的衝突。

那時，學校會有各個主任巡堂，重點在檢查每班的秩序與衛生，會以最好與最壞各取三名，並張貼貼紙在該班級的玻璃上；被貼最佳前三當然走路有風，但被貼上最壞前三就是超丟臉的事，而且別班還會刻意跑過來恥笑。

大爭執那天，陳堯秀的班上被貼上衛生差劣的貼紙，原因是窗戶太髒！八爺怒不可遏的訓斥全班及衛生股長，當天下午的掃除時間要延長，要全班把窗戶擦得一乾二淨，連窗邊縫隙都不能放過——而在這特殊時刻，陳堯秀依舊不需要參與，她還是只要負責清理八爺的桌子就好了。

所以她也真的覺得掃完就沒她的事，於是拿了紙坐在八爺的位子上畫畫，那天全班低氣壓，衛生股長才剛被飆過，看著雲淡風輕的陳堯秀就不爽了。

「陳堯秀！妳坐在那邊幹嘛！全班都在擦玻璃，不趕快過來擦！」

「啊我的事做完了啊！」陳堯秀理所當然的回著，她的掃除工作就是導師的桌子，不是窗戶。

衛生股長是男生，他氣急敗壞朝八爺位子走過去。

「做完就來幫忙啊，全班都要做耶！」衛生股長直接動手扯起陳堯秀的手臂，「在這邊偷懶幹嘛！」

陳堯秀是那種遇到攻擊就會反擊的人，立刻抽回手，還使勁把衛生股長往後推倒。

「拉什麼啦！班上也就六大扇窗戶，最好全班都能塞在那邊擦！」陳堯秀直接暴怒，因為她覺得被拉到手，這是侵犯了！

而剛剛她完全不客氣的一推，不僅把衛生股長推得踉蹌，甚至還一路往後撞上桌子，人都無法站穩的往後倒去，直接整個人屁股落地；那時大家都是把椅子倒立放在桌子上的，衛生股長這一摔摔得不輕，桌子被推開椅子也掉了，發出巨大聲響，全班都被嚇得看過去。

又狼狽、又疼痛，又被全班注目，衛生股長又氣又惱，不顧屁股疼，跳起來直接就撲向陳堯秀，兩個人立即扭打在一起。

欸，大家先不要緊張，打架這種事在小學生涯裡都是常態，大家打架吵架司空見慣，一般打完就沒事了。

只是那天是新仇舊恨再加上對陳堯秀的不滿，兩個人打得非常激烈，陳堯秀還被壓上八爺的桌子，她再瘋狂的用腳踹衛生股長，一把他踹開就換她衝上去拚命揍他，同學們紛紛放下手邊的工作，誰都沒勸架，而是立即站隊，開始加油打氣了。

「加油，打死她打死她！」

「用力點啊！打死她啦！」

啦啦隊的叫囂聲此起彼落，不想惹事的學生只是憂心等一下被舉發該怎麼辦，但大部分人都殺紅了眼似的，偏偏這只是一群五年級的孩子——這真的是人們赤裸裸的本性——**越是天真的孩子，展現的越是直接。**

陳堯秀說，當時她回頭看向包圍著他們的同學，每個同學狂喊著打死她，卻發現沒有人站在她那邊。

沒有人。

而站在衛生股長那邊一大堆人在吶喊助陣，彷彿真心巴不得她被打死似的。

「老師來了！」後門有人把風大喊，陳堯秀跟衛生股長即刻分開，但根本來不及。

因為他們班就位在一上樓梯的左轉處，只要走兩步就是後門，八爺早就可以從大扇玻璃中看到全班的情況！只見八爺一路從後門走到前門，一雙眼凌厲盛怒，嚇得陳堯秀跟衛生股長打著哆嗦。

「過來！」

八爺門檻都沒跨過，就叫打架的兩個人往他桌邊站，圍觀的啦啦隊還在，全班鴉雀無聲，倒像是等著好戲似的。

「站好，不許說話。」八爺叫陳堯秀跟衛生股長站在講台上，面對黑板、背向全班。然後聽著八爺在他們的身後叫人問話。

「三號，妳說，剛剛發生什麼事。」

陳堯秀只記得心跳很快，她非常害怕，眼尾連偷瞄衛生股長都不敢，因為他們都知道事情大條了；最酷的是，等陳堯秀想試著跟衛生股長使眼色時，卻發現他還在瞪她，一副氣到快炸掉的樣子。

「陳堯秀剛剛就偷懶不幫忙啊，所以衛生股長跑去叫她幫忙擦窗戶，結果她還說不要，然後他們就打起來了。」被叫到的三號回答八爺，簡直睜著眼睛說瞎話，最好衛生股長是「請」陳堯秀去幫忙！

八爺再問了下一個人，「我不知道，我在擦窗戶，衛生股長好像叫誰誰誰來幫忙，然後就打架了。」

八爺一連問了好幾個人，版本多有出入，但沒有一個人提到是衛生股長先對陳堯秀動手、想拖她去擦窗戶；而且每個人均一都提到「陳堯秀偷懶」，所以都是她的錯。

當有機會推一個人下懸崖時，人們會莫名其妙的合群，並且不遺餘力。

看著黑板的陳堯秀只有心涼，她想到了剛剛沒有人站在她身邊，所有同學卻都鼓譟著，希望衛生股長打死她。

這件事讓她相當驚訝，她那時才知道原來班上這麼多人討厭她……她人緣居然這麼差，難怪平時吃飯時也沒什麼人要跟她一起吃，都只有小怡跟她一起吃飯。

但是，她一點都不難過，只是有種疑惑被解開的感覺。

「你們兩個，轉過來。」八爺下令，陳堯秀深吸了一口氣，跟衛生股長轉過身面對全班。

陳堯秀一轉過去，迎視著同學每一雙眼睛，他們每個人都看著他們……或是她，眼神裡都帶著單純的渴望，像是渴望看見她受罰似的！是啊，陳堯秀也知道，自從到了八爺班上，她從未受罰過，而且很常是大家犯一樣的錯，但八爺會明顯的偏袒她。

她對於這種厚待從竊喜到驚喜，乃至於理所當然！因為她聰明、成績好，又幫八爺做了這麼多事，八爺也常告訴她，優秀的人本就會得到特殊待遇，這是社會常態。

所以陳堯秀被這麼教育著，自然覺得所有偏愛與特權都是應當的。

「衛生股長，你說。」八爺冷冷地要衛生股長開口，「從頭到尾說清楚，究竟發生了什麼事！大聲地對全班說！」

八爺邊說，一邊坐回他的桌邊。

衛生股長有點怯懦，說起話來超小聲，「就今天我們被檢查……」

「大聲一點！這麼小聲，你心虛嗎！剛剛打架時不是很厲害嗎？」八爺突然大喝，把全班嚇得不輕！

這也使得衛生股長更加緊張，連陳堯秀都有些膽寒，手心不停冒汗，她向左後方回頭瞄著八爺，八爺眼睛很大，生氣時看起來活像要把人吞了。

「今天我們被檢查不合格，所以要把窗戶縫都擦乾淨，為了等等檢查通過，全班都很認真！但是，只有陳堯秀卻坐在老師的位子上畫畫，完全不來幫忙！我跑來叫她幫忙，她跟我說不要，然後我們就吵架了。」

八爺手裡在寫些什麼，不知道有沒有在聽，總之，終於再次抬起頭看我們一眼，「秀秀，換妳說。」

陳堯秀昂起頭，既然自己沒錯就不需要心虛！加上她聲音向來宏亮，即使當下有些沮喪，但也絕不想讓人覺得心虛。

「我做完了自己的掃除工作，班上其他人還沒掃好，椅子也還沒放下，所以就暫時坐在老師的位子上畫畫！然後，衛生股長就很生氣的過來罵我不幫忙，還拍桌子，最後他是直接用力拉我的手要把我拖過去！很痛！所以我推開他，他跌倒後就很生氣的跳起來衝向我，然後我們就打起來了……」

「好。」八爺停下寫字的動作，蓋上筆蓋，站了起來面對全班，「所以是誰先動的手？」

班上沒人說話，你看我、我看你的，當時明明一堆人在旁邊，卻都能在瞬間失憶。

八爺再轉過來，走近衛生股長，或是說逼向他，威嚇感十足，「是你先拉她的嗎？」

衛生股長還算誠實，雖然很恐懼，但還是點了點頭，「我要叫她去擦窗戶。」

「很好！很好！」八爺不苟言笑的說很好，陳堯秀看著八爺的神色真的嚇出一身冷汗，「今天我有沒有說過，全班都要把窗戶擦乾淨，讓衛生組檢查？」

「有……」底下同學的聲音斷斷續續傳來。

「那剛剛沒有在擦窗戶的人舉手！」八爺突然又問，這時，全班同時傳來倒抽一口氣的聲音，掃地的、拖地的，掃走廊跟負責黑板的人當然都沒有！

陳堯秀沒有猶豫，即刻打直手臂舉高，因為她就是沒去擦，她負責的是導師的桌子啊。

站在講台上的陳堯秀看得見全班動態，她是第一個舉手的，又直又挺，八爺回頭看了她一眼，再看向全班，「喔，所以全班只有秀秀一個人沒擦窗戶嗎？剩下幾十個人可以擠在這幾扇窗戶邊？」

慢慢的，有一些人開始緩緩舉手，舉得像做賊一樣，彎曲著手臂，大家都相當恐懼！這是當然的，因為沒人知道八爺想做什麼，陳堯秀自己也很怕，可是現在這種狀況，她只能誠實面對吧？

「好，舉高！」八爺突然大喝一聲，陳堯秀嚇得手臂打得更直，然後八爺轉向衛生股長，「這麼多人沒去擦，你有叫他們去嗎？」

「沒……沒有，他們有自己的掃地工作啊！」衛生股長說得囁囁嚅嚅，他應該已經發現自己在講什麼了！

對啊！陳堯秀聽出來了！奇怪，別人可以做自己的掃除工作，為什麼她就不行？只因為她先做完了嗎？

「所以你是針對秀秀嗎？這麼多人都沒去擦窗戶，你就只針對她？」八爺是直接瞪著衛生股長問，嚇得他直打哆嗦。

「我……我……因為我看她在偷懶……」

「我沒有偷懶，我是做完了。」陳堯秀立即搶白，全班都在說她偷懶，真的令人不舒服，她明明已經把負責的部分做完了！

八爺突地冷笑，看得陳堯秀跟衛生股長心驚膽顫，接著他轉過去看向全班，來回掃視半天卻不說話，全班的心都要跳出來了，完全不知道接下來會發生什麼事。

「我剛剛才在上樓時，就聽見很大聲的吵鬧聲，一堆人喊著打死她、打死她，是想打死誰？」八爺朝講台站近了些，「秀秀？還是衛生股長？」

老師有聽見！陳堯秀突然感到委屈，但她不敢哭，因為八爺不喜歡哭泣的女生……不，八爺是不喜歡哭泣的她。

班上沒人說話，紛紛眼神閃爍、低垂下頭，但八爺心知肚明。

「你們好像很討厭陳堯秀？我想知道為什麼。」八爺接下來語出驚人，「說說看，為什麼討厭她，保證不處罰。」

八爺這個保證，果然得到了他要的答案！

先發難的是班長，他們直接說陳堯秀囂張，接著有人說她自以為是，然後班上第一名的女生幽幽地說出關鍵：老師你都偏心她。

一人一句，站在上面的陳堯秀如「站」針氈，聽著這麼多人指責她、討厭她，巴不得她消失似的——**她無法理解被討厭的理由，這是她的優秀換來的不是嗎？**

終於，不再有新的理由了，同學的頭不知何時也從低頭轉成不悅的抬頭，厭惡睥睨的瞪著陳堯秀，就等著接下來能發生的事，期待八爺做出處分或改變。

「我知道了！」八爺終於站上講台，來到陳堯秀身邊，一把將她推到講桌前，「從現在起，陳堯秀就是總股長！」

咦？全班突然異口同聲的咦了好大聲，也包括陳堯秀自己！

什麼東西啊？陳堯秀驚愕的回頭看向八爺，什麼叫總股長!?

「總股長是什麼？」班長問著，「她已經是總風紀了！」

「對，她接下來是所有股長的頭頭，不管是班長、學藝、總務——」八爺看向衛生股長，「還是衛生，所有股長都要聽她的，這就是總股長！」

天哪……當時的陳堯秀腦袋一片空白，她根本不懂得總股長的意義為何！

「老師！這太偏心了吧！」有人忍無可忍的爆發出來，「就是我們都要聽她的喔！」

「對！」八爺沒有遲疑，睨著底下學生，「我叫你來當，你還當不起咧——陳堯秀！」

「啊？」女孩被突如其來的叫喚聲嚇到了。

「現在是打掃時間，由妳負責驗收掃除成果！」八爺敲了敲黑板，「快點繼續掃！」

全班在震驚之中重拾掃具，陳堯秀卻雙腳凍住般的卡在講台上，完全動不了。

「老師！那要當衛生股長幹嘛？給她當就好了吧！」衛生股長怒從中來，突然朝八爺吼。

「不行！你在陳堯秀的管理之下，你檢查完了再跟她報告，她再去抽檢，如果被她發現沒掃乾淨、你卻回報通過，就是你的責任！」八爺刻意抓過衛生股長的手臂，扯到陳堯秀面前。

站在講台上的陳堯秀，與講台下的衛生股長，因為講台這幾公分的高低落差，顯出了上與下的位置。

八爺用這種方式讓衛生股長清楚，他在陳堯秀之下。

「看清楚，她也是總衛生！」八爺指著陳堯秀，「你沒資格叫她去擦玻璃。」

衛生股長氣哭了，他用開八爺的手後，直接衝了出去，班上幾十雙眼睛，此時都冷冷的看著陳堯秀。

冰冷且忿怒的眼神投射過來，陳堯秀只能概括承受，但她還是動彈不得，八爺這時卻和顏悅色的在她手裡塞了十塊錢。

「受委屈了，給妳，去買飲料。」八爺邊說，揚起了溫和的笑容，輕柔地拉著陳堯秀走出教室，「去去去。」

陳堯秀沒有猶豫，即刻離開教室範圍，樓梯間就有販賣機，那角落給了她喘息的機會，至少一時半刻不必面對班上同學……她握著那枚十元，當時覺得這是全世界最溫暖的十塊！

但幾十年後的她長大後才明白，如果要讓一個人被全世界憎恨，只要無條件的愛護他就好了！

因為八爺這樣的偏袒，輕易能激發人性的嫉妒，人性的嫉妒是可以撕裂一個人的啊！

◎◎◎◎◎

成為總股長後的陳堯秀，是該意氣風發、是該走路有風，但她卻因為之前的打架事件，學到了「收斂」。

班上的牴觸情節太明顯，打架事件後她更加清楚全班大概除了小怡外，沒人喜歡她；低潮了兩天，她仔細的思考過一切，突然覺得為此難過很沒意義，自己過得開心不就好了？而且她該做的事還是得做。

總股長不是好當的啊，同學都只看到過分與囂張，大家怎麼不想想責任呢？

例如她必須得管秩序，班上要是秩序出了差錯，她可是第一個挨罵的；再譬如衛生，下次又被抽檢到不及格，倒楣的也是她啊！所以不管大家多討厭她，該做的事就是得做，也只能請他們配合。

不過，陳堯秀在這之中摸索出與各股長相處的模式，她不採命令或是趾高氣揚，因為大家都在同一條船上，出問題時她雖然是第一個倒楣的，但不代表相關股長就沒事啊！

「喂，靠導師的！」衛生股長對陳堯秀的態度最差，「去檢查窗戶啦！」

「沒辦法啊，八爺喜歡當我的靠山，又不是我逼他的！」陳堯秀總是刻意這樣回，全班的支持都沒八爺這靠山強。「那你檢查過了嗎？」

「我才不管。」他白眼一翻。

「可以啊，我也不管，反正我相信你。」陳堯秀直接搭話，「出事了我們一起扛！」

衛生股長瞪大眼睛，「妳很爛耶！為什麼我要跟妳一起扛？妳總股長要負責吧！」

「衛生組長來時，只會問誰是衛生股長，哪會知道我們班有什麼總股長？」陳堯秀雙手一攤，「被罵一起罵啊，你怎麼樣都是衛生股長，一定要負責的！」

「爛人！」衛生股長氣急敗壞的衝著她吼，轉過身衝到窗戶邊去檢查了。

這就是陳堯秀想要的，每個股長還是得做事，不能全丟給她吧？所以依此類推，陳堯秀對每個股長一樣的做法。

八爺經常不在，也不知道他是翹班還是去做什麼，總之，該他上課時他不一定在，有時一整個上午到十一點才出現，這時班上就是自習時間，小學生的自習就是吃喝玩樂玩遊戲，當時他們最愛玩的便是棒打老虎雞吃蟲。

大家吵翻天時，風紀跟班長他們都擺爛，冷冷地看著陳堯秀，上次風紀還威脅她說：「再吵下去隔壁班老師就來了。」

「你這個風紀都不管了，我管什麼。」陳堯秀也無所謂的聳聳肩，「我是你們真的沒辦法才幫你們的啊！」

「我哪有不管！妳是總風紀耶！」又來。

「我就是協助妳的啊，妳才是正風紀好嗎，沒關係，挨罵一起挨！」

他們都會睜大眼睛，帶著怒氣喊出一模一樣的話：「爛人」。

沒關係，陳堯秀抱持著我就爛的態度！反正這招是有用的，他們能體會大家都在同一條船上，連續劇都有演——**共室共識才能共事**——幸好陳堯秀很早就體會到這點了！

其實同學們都有能力，畢竟是八爺精挑細選出來的，她根本不太需要擔心，她是他們沒辦法時才會出面，兩個人的力量總比一個人強；陳堯秀認為同學們都瞭解這當中的道理，只是他們不願承認，單純因為討厭她。

這也沒辦法，因為陳堯秀之前態度差吧？畢竟備受偏袒就是會囂張，雖然她不會欺凌人，但態度一定惹人厭；尤其當大家犯一樣的錯，唯獨她一人不必被處罰時，鐵定沾沾自喜，任誰都討厭。

不過，後來陳堯秀也開始思考：八爺這樣做，到底是愛？還是害？

◎◎◎◎◎

某天體育課前八爺叫住陳堯秀，要她幫忙整理作業，所以她不必去上課，原本陳堯秀還想叫小怡一起幫忙順便躲開體育課，結果八爺直接說她一個人就夠。

八爺其實也很疼小怡，但他真的不太常叫小怡辦事。

那天就是單純的整理作業，幫忙登記成績，然後八爺還問起陳堯秀班上同學的情況，例如誰誰誰有沒有打架？或是某某某有沒有帶違禁品到校？陳堯秀就是陳堯秀，機靈鬼一隻，八爺就留她一個人在班上，要是她今天說了什麼，等會兒同學被處罰，全班用膝蓋想就知道誰是抓耙仔了吧？

所以她一路都說不熟、不知道，然後認真看著八爺說，「他們討厭我啊！」

「哈哈哈！哈哈——」結果八爺居然大笑起來，是發自肺腑的狂笑，「他們當然討厭妳啊！廢話！」

陳堯秀這輩子都忘不了八爺的笑聲，笑得她一肚子火——這裡頭有一半原因是八爺造成的吧？

「有什麼好笑的！」聽起來沒禮貌，但這句話在當年算個流行語，大家很愛說。

「妳知道他們為什麼討厭嗎？」八爺仍舊掩不住笑意。

陳堯秀只記得滿腹委屈，憤懣不平，「因為我很驕傲吧，態度很差，之前都很囂張，然後……八爺你對我特別好。」

「嗯，都對，但我不是跟妳說過了？妳能得到更多的特權與偏愛是為什麼？」

「因為我聰明。」陳堯秀都會背了。

「對，妳天生擁有的資源多，未來得到的資源也會多，這是常態！他們在要求齊頭式的平等而已，很好笑！」八爺現在的笑成了嘲弄，「想要表象公平也太無趣，但因為得不到，所以討厭妳。」

陳堯秀聽得不太高興，「所以怪我囉？」

「不怪妳，難道怪他們自己嗎？」八爺搖了搖頭，「就三個字：酸、葡、萄。」

八爺字一字的公佈答案，陳堯秀當場是瞪圓雙眼，有種恍然大悟的感覺——啊！

「這也太⋯⋯」陳堯秀覺得這才叫對她不公平吧！

「所以結論是因為妳優秀，妳有能力，而他們因為做不到，所以嫉妒妳！」八爺接著說出結論，「今天他們如果有本事，就可以讓我喜歡，我也能給他們特權啊！」

「所以，因為他們做不到，變成討厭我。」陳堯秀嘆了口氣，「這對我才叫不公平吧？他們做不到是他們自己的事，然後就這樣討厭我？並不是我害他們做不到的啊！」

「這就是人啊。」八爺突然嚴肅的指向我，「妳要記住，這種人到處都是，等你們以後長大了這種人更多，明明不是妳的錯，他們卻因為嫉妒跟眼紅而怪罪於妳，這就叫酸葡萄心理！」

陳堯秀無奈又無力的笑了起來，這種瞬間的釋然感讓她身心都輕鬆起來！

「我一直覺得我沒做錯什麼事，最多就是態度囂張，這個我能改，但其他的事情我又沒做錯卻被討厭，太匪夷所思了。」女孩劃滿微笑，「謝謝老師告訴我。」

「本來就不是妳的錯，都是沒能力的人才會興起嫉妒的酸葡萄心理！不過呢，妳要注意，**人的嫉妒心很可怕，既然他們都認定是別人的錯，就會變得偏激、嚴重時很可怕，為嫉妒殺人的事也不少喔！**」

陳堯秀被八爺的話嚇到，「殺人？也太誇張了吧。」

「沒錯，現在只是在學生階段，妳就被排擠了，變成大人後只會更複雜；因為人們很少會承認自己的不足與錯誤，就是不想承認才會把錯與罪都推到別人身上！不會去想自己為什麼做不到？只會想妳『憑什麼』擁有，找一堆藉口說妳不配，然後就會發生上次打架的事情……還記得大家喊著打死妳嗎？那天妳就算真的受傷了，同學也只會覺得妳活該！」

陳堯秀在震驚與恐懼中擺盪著，「好可怕，不是我的錯，但我還是會受傷，然後大家還會幸災樂禍。」

「沒錯，所以妳說要改掉態度是正確的，世界上的事無法用是與非去判斷。」八爺換上溫柔的笑容，「只要大多數人覺得妳就沒資格，就是沒資格。」

「是非是看人數多寡而定的嗎？」陳堯秀萬分疑惑。

八爺突然用力擊了桌子，嚇得陳堯秀差點沒跳起來，「放學我請妳吃冰！」

看來她是答對了。

即使這件事是錯的，大多數人覺得正確那就是正確；這件事是正確的，但多數人認定是錯誤，它就必須得是錯誤。

長大之後陳堯秀完全明白八爺當時說的，這就是所謂的多數暴力、三人成虎、眾口鑠金；高中時上到歐洲獵女巫時代的歷史時，這也是同樣的道理。

這類事情至今依舊發生在日常中，千夫所指，是非不分，而勢單力薄的正確方，也無法相抗。

在那之後，陳堯秀與班上同學維持一種平衡，因為她背後是八爺，大家再討厭也無法做什麼過分的事，而陳堯秀更是小心翼翼，不讓自己有太多犯錯的機會；她也體認到兩件事：一件是當越是得意時必須要謙虛，留意自己的言行，她可不想莫名其妙的被他人的嫉妒害慘，因此小五那年的作文比賽中，陳堯秀以「滿招損、謙受益」為題，奪得了前三，完全是親身經歷啊！

第二件，是先學會了謙虛後，再讓形勢站在她這邊，除了破冰外，還需掌握優秀的話術與道理，最重要的是要讓自己這方形成「多數」。

因此，陳堯秀特權生活依舊，只是態度收斂許多，也漸漸地跟各股長有了良性的互動，後來班上在很多項目都有得獎，大家也會覺得這是共同努力的成果，彼此間也就不再那樣的劍拔弩張。

不過八爺對陳堯秀的偏愛就擺在那邊，即使衝突減少，但還是沒人想跟她交朋友，畢竟在他們眼裡，用現在的語言講：陳堯秀就是那個該死的特權階級。

自己做不到所以厭惡，果然都是一群酸葡萄。

但，陳堯秀已經不在意了，只記得八爺教的：**錯不在我，在於能力不足的他們。**瞭解以後，心中完全不在意也不會生氣，甚至覺得同學們有點可憐，不努力的讓自己也有這樣的能力獲得偏袒，卻只會在那邊瞪她罵她，忽視她所要扛的責任、以及期待著她落敗的一刻。

陳堯秀採取無所謂的態度，**何必拿別人的過錯懲罰自己？人們要為自己自豪，因為有本事讓人嫉妒吶！**

她非常非常感謝八爺，除了讓她提早面對社會中發生的事外，還有小主管的運行與觀念，而八爺教她最重要的一堂課，是即將升六年級前的一場震撼教育，那場人生課程讓陳堯秀至今提起，依舊記憶深刻，一輩子都忘不了。

◎◎◎◎◎

那天是社會課，八爺沒有要上課的意思，他叫全班自習某一章，下課前他要抽問，一人抽問三題，錯一題就要打十下，兩題二十，最多三十下。

八爺的凶狠大家是知道的，打人更是可怕，萬一突然要打手骨，那真的是吃不完兜著走。

全班鴉雀無聲，低頭趕緊翻看課本，只不過認真把那一章看完，發現八爺叫大家自習的這章才六頁，而且能出的考題最多不會超過六題吧？而且這六題還是硬湊出來的。

從頭到尾重點只有兩題，陳堯秀覺得這一章都要背下來了，也還是只有兩題可以出。

小怡坐在陳堯秀前面，她們兩個此時唸到無聊透頂，所以決定互相問問題，說不定大家會抓到不同的題目；坐隔壁的同學聞言也說要加入，所以四個女生打算交叉互問，看看能不能生出什麼新玩意兒。

猜拳決定先後，第一輪小怡贏了，所以她先問……結果也是那兩題，她想出個五題都沒辦法。

接著第二輪，女孩們猜拳時，八爺突然抬頭了。

「陳堯秀！妳在幹什麼！」八爺突然暴怒般的大吼，「我叫妳們唸書，居然在玩遊戲，出來！」

陳堯秀當場傻住了。

八爺從來沒有對她這麼凶過，那殺氣騰騰的眼神、那咆哮聲是從未有過的！她呆坐在位子，一時不知道怎麼反應，想著她們才不是在玩，是在互考！但當下的氣圍她根本不敢解釋！

「拿課本過來！」八爺依舊是訓斥的口吻，「我現在就要來『殺雞儆猴』！」

他說這句話時，陳堯秀心中有塊世界崩裂了。

在那個成語是普遍基本常識的時代，區區殺雞儆猴的意思她當然明白，全班也都懂，而且是極度開心的明白——現在的陳堯秀就是雞，八爺要殺這隻雞來警告全班。

但，為什麼八爺要刻意這麼說？

因為他就是要殺一個平常最偏愛的學生給大家看，讓他們知道他今天能寵，明天就能殺。

陳堯秀永遠記得她當時坐在倒數第三個位子，從起身走到八爺桌邊的距離變得無比漫長，她處在震驚與心寒當中，真要說心境，大概就是瞬間心死的感覺。

她也在這幾秒鐘明白了，一切都是假的。

無論八爺的讚美、看重、偏袒、寵愛或是特權，根本都不存在。

但凡依靠著他人才能擁有的東西、不是掌握在自己手中的東西，全部都是假的！

來到八爺桌邊時，陳堯秀心情仍舊起伏，但她平靜的交出課本，八爺用力抽過，那態度彷彿她犯下什麼罪無可赦的劣行似的，一邊翻著書，一邊繼續用全班聽得見的分貝喃喃唸著。

「不殺雞儆猴一下你們不會怕，不然大家還以為我多偏袒妳！」八爺毫不避諱的說著，「來，第一題。」

八爺開始問，最終他能找到的問題，也只有那兩個重點。但八爺很努力，找到了第三題，不過這題在剛剛的互問中，大家也都提過了。

最可怕的是，八爺問到第四題。

他拚了命的翻書，找出第四題、乃至第五題，費盡心思的找那種無關緊要的問題，對於無法問倒陳堯秀、無法「殺雞儆猴」而扼腕般的拚命翻著書。

終於，陳堯秀忍不住了，她平靜的問著：「老師，你需要我默寫嗎？」

這是抗議，也是挑釁，陳堯秀一直都是受到攻擊就會反擊的人。

她當然不可能默寫出百分之百的課文，那只是社會課，但她覺得至少可以默出八成，就算寫錯她也無所謂，因為陳堯秀那時只想知道，八爺打算做到多絕？

八爺眼睛向上瞟，明顯嘖了一聲，「社會課默寫幹什麼？回答得不錯嘛，那為什麼在玩？」

「我們在互相考試，猜拳只是在決定出題順序。」陳堯秀淡漠回著，盯著桌面，不想看八爺一眼。

「喔，好。」就這麼一句，八爺把課本丟還給她。

她甚至沒接住自己的課本，課本從桌緣掉落。

她彎身去撿時，八爺叫了下一個同學上去問，彷彿她已經不在似的。剛剛她被叫上去時，全班同學那是個個引頸企盼，她知道許多人暗自拍手叫好，覺得八爺早該拿她開刀。

陳堯秀拾起課本後，仍舊觀察同學的眼神，失望之情溢於言表！

從那天開始，陳堯秀跟八爺的關係徹底生變。

因為八爺讓她深刻瞭解到，**今天他能給我一切，也能收回，而且是以殘酷的方式**。

前幾年流行的宮鬥劇，陳堯秀是看得心有戚戚焉，每每跟大家聊天時都會指著劇裡笑著說，這些事她在小學時代都已經體認過。

最好笑的是，後來陳堯秀從小怡口中得知，八爺收了小怡做乾女兒，因為他喜歡小怡的乖巧溫吞，但喜歡「利用」聰明伶俐會辦事的陳堯秀。

社會課事件後他們之間的關係淡漠了一個月，但八爺就是八爺，他做了更多事來籠絡、也理所當然的解釋那天為什麼這麼做，因為當時家長投訴他偏心某些學生，他只是想演一齣戲給同學看而已。

嗯哼，陳堯秀乖巧伶俐的笑著，告訴八爺她懂，她不介意。

她不能介意啊，介意了她就會失寵，畢竟特權階級是很好用的，有權力幹嘛不享？但她更明白，上位者只是在利用下屬的能力圖自己便利罷了，隨時可以丟棄，隨時可以拿來樹立權威。

殺雞儆猴，多美妙的成語。

表面上的和諧並沒有變化，直到小學畢業，陳堯秀仍是那個機靈的總股長，公差萬能小幫手，但內心早起了變化，八爺已經不是她會感動、信任或是尊重的導師了。

陳堯秀開始完全防備八爺交代的任何事，八爺送給她的零食或禮物，她都會以八爺名義轉送給其他股長或成績優秀的同學；她也會把每一期標會單記錄下來，確定是誰得標，看看八爺是否有造假外，也多一份證據。

當又被問到為什麼在上課時間在外面閒晃時，她不再流利回答，而是開始恐懼的支吾其詞，拙劣地藏起手裡的紙條，並且哀求對方不要問，有事請直接問她的導師，請不要害她。

大人們都會若有所思，然後恍然大悟，但八爺依舊是那個德高望重的八爺、學年主任的八爺，沒有人能撼動得了。

至此，陳堯秀就更加確定，畢業之前，表面的和諧一定得做到底。

這個五年級，八爺真的教了她太多！

◎◎◎◎◎

又半個月過去，我再度光顧了同一間咖啡廳，咖啡廳內的氣氛與過去截然不同，連店內的裝飾都不一樣了！新店長比馬尾女孩活潑，還有了新的回應招數，有點類似星巴克，大家會齊聲同步的重複點單，在送餐時都會加上祝福語。

看起來前店長沒有回來，現在想回來大概也沒她的位置了！她就這麼離開了待了快四年的咖啡廳，離開店長之職。

不管老闆再如何器重她，她都不能自以為是，她需要明白**其實人人都可以是棄子，沒有人是不可取代的**，我不知道他們店裡發生了什麼事，也不知道她的出錯是自己大意，還是有人刻意設計……

總之，她成為了那隻雞。

今天中午，我就跟陳堯秀有約，我一定要告訴她這個故事，跟她小時候一樣，有個女孩也成了被殺的雞。

第二課

所謂禮尚往來

賄賂在普世價值中，是一種犯罪，尤其在公務員中更是重罪，世人對於賄賂這件事也都抱持著厭惡的觀感。

但其實這些事根本是日常，甚至是公開的秘密，而且一堆人在做，不限於政治官場文化，一般的職場便能看見，甚至在學校時，師與師、師與生、家長與老師間都看得到。

送禮文化，不就是一種賄賂嗎？只是換個說法，就能讓每個人心安。用一個禮尚往來的名義，表面上看不見的暗流湧動，其實大家心知肚明。

否則怎麼會有吃人嘴軟、拿人手短的名言？

交際交際，多少事情的成就，都是這樣「送」出來的？

我認識的某位阿姨，見著誰都能送禮，後車廂一整箱的洗面乳、沐浴乳、洗髮精等小玩意，隨時都能組成一個禮袋，送給別人當見面禮；她尤其會送給出入之處的大樓警衛，平常都會送，逢年過節更別說。

然後當遇到狀況時，真的是「有關係就沒關係」，真的不能小看警衛，他們至關重要。

而我另一個朋友，是那種個性很硬的，說一是一，二就是二，她認為警衛的工作就是講規矩，他們如果給了其他人通融或保留車位，就是不應該，她一定會檢舉、質問，直接當著警衛的面糾錯。

因此，她很常吃虧，警衛一點方便都不會給，暫放東西？不可以。車子開出去五分鐘內就回來可否保留位子？不可以。就連她在炎夏中租借一早的會議室，警衛就是不開空調，指著規定說十一點才能開，所以她只能在悶熱的辦公室中開會。

而到了十一點，警衛也不會主動去開，而是要等到朋友去催，才會慢條斯理的去開啟。

但換做是我那位很會做人的阿姨呢？別說空調早就開好，讓她們一進辦公室就能享受冷氣；連車位都幫她留好，留個進出都方便的位子。

所以我自然也深知送禮的重要，這叫送禮，不能叫賄賂對吧？

但，我有個超強的朋友，蕭以貞，她不是公關卻勝比公關，交際手腕真的一把罩，幾乎大小問題都能找她，不論是哪個行業都有她的人脈，什麼事都能幫你解決，而且最煩的是只要她找吃飯，我們一毛錢都別想付。

她總說會需要我們幫忙的，所以請吃個便餐小事一樁；但說實在的，吃了這麼久，有一天當她真需要幫忙了，誰能說不？

今天我們晚上約吃燒肉，不過以貞約早了，因為她想順便去逛逛，買點東西，要我陪著給意見。

「妳會喜歡哪一個？」兩條領帶擱在我面前，她自言自語著，「不好，太刻意。」

我立即點頭，這年頭到底多少人在戴領帶，不過——

「是什麼特別的人？用在什麼特殊場合嗎？」

「並沒有，就之前見過兩次，他幫忙引薦了個重要的人，剛好年底，我想送個新年禮物。」放棄領帶，我們走向其他店家。

「對方是怎樣的人？」

「很隨和，也不是我這個行業的，就有次一群人吃飯，我聊著近況時他說有認識的人可以介紹，拉了個LINE。」她停下腳步，原地旋轉三百六十度，「這舉手之勞可幫了我大忙。」

「為什麼不問他的朋友？可以問問他喜歡什麼？」

「不要，這樣朋友就知道了……他有點文青。」說完她把目光擱在我身上。

「那妳就找錯人了啊，我是寫通俗小說的，而且是很俗氣、很現實的那種。」我坦蕩蕩，「是文青瞧不起的那種！」

「你再怎樣也有點文青渣渣吧？我可是連渣籽都沒有啊！」她勾過我的手，「快幫我想啊！」

「要知道性格啊，有臉書嗎？還是啥的？」我伸手要資料，「再者，他幫了妳多大忙啊？」

「幫多大忙不是重點，有幫就要送。」她說得斬釘截鐵，拉著我上電扶梯。

「沒成也要送？」

「沒成也送，更要送。」她嫣然一笑，「重點在出手相幫，幫都幫了，成不成不是重點！」

「哇……說的也是。」

「送禮是讓大家都高興的事，但也是門學問，而且非送不可。」她說得飛揚，「妳知道這是誰教我的嗎？」

「這還有人教喔？」

「那當然。」她一臉神秘，「這可是我小學老師教我的喔！」

─突襲檢查─

九歲，還是個懵懂又天真無邪的年紀，對什麼都好奇，什麼都想探索的時候。

同時也被課業壓得滿滿的，雖然當時不興補習，但是要寫很多參考書，每一科幾乎都有參考書，學校會用、家裡還買另一套、兩套、三套，總之從學校回到家裡就是寫寫寫。

但奇怪的是，當年教育部是禁止學校使用參考書的，也就是說，學校教育只需要使用課本即可，任何形式的課外參考書或題目全部都是違法！而且這都不是講講而已，而是會臨時抽檢的！

每個老師都會在課堂上交代，全校各班都有教戰守則，還有專門的報馬仔，只要一有督學來抽檢，絕對會有一個小組學生團體全校飛奔走告，然後各班都有自己藏匿的方式。

同一層樓各班還會分配藏匿地點，誰藏男廁？誰藏女廁？

幸運一點的班級，就可以藏在自己的班級，只要有秘密地點就一切沒問題。

「今天有誰帶參考書來？」戴著眼境的斯文導師在課堂上問著，這叫演練。

全班就坐得直直的看著他，誰都不回應。

「有買參考書的舉手！」老師再問，但這題可以誠實回答，所以孩子們都舉手了。「那有帶到學校的舉手？」

全班整齊劃一的放下。

「很好！要記得，學校裡絕對不能出現參考書，也不能讓別人知道我們有參考書喔！」斯文老師再三交代，「蕭以貞！」

導師叫喚一個纖瘦但高眺的女孩，她舉手後趕緊站起。

「這學期的抽檢組長就是蕭以貞，只要督學來那天，大家都要聽她的指揮，知道嗎？」

「知——道——」

這是很有趣的職位，所謂的抽檢組長，其實各班都有，才能在最短的時間內，把參考書收齊並拿去藏匿，有的班還會有運送組，班上收齊後拿出班級分散藏匿，總之，大家從小就學會了班級的分工合作，各司其職！

而蕭以貞之所以會負責抽檢，因為當初是她發現班上有個絕佳的藏匿地點，想當然爾，所以導師就讓她成為抽檢組長。

她的導師是一個溫文儒雅的氣質熟男，當時在年級中還挺受歡迎的，以現今的角度來看也是相當具有魅力，這讓該班的學生莫名其妙也跟著自豪起來；這樣的老師不會有什麼奇怪的綽號，學生便叫他大叔。

大叔是個還算穩重的老師，看起來成熟但年紀其實不大，在這所學校是新人，初來乍到就教三年級已經算不錯了！許多新老師都得從一年級開始教起呢；而他該嚴肅時嚴肅，也不至於太凶，整體而言是個溫和派的老師。

每次督學來的前一天大家都會知道，大叔自然會交代全班，隔天不要帶參考書來，根本沒有什麼緊張感。

但某一天的日常，上課上到一半時，有個高年級的學長突然衝進來大喊：「報告！督學來了！」

咦！全班當時愣住，大叔也傻傻看著已經衝出去通知下一班的男孩，都還能聽見他在下一班也喊著一樣的話：督學來了！

「督學來了！」大叔總算回神，「快點……快！蕭以貞！」

蕭以貞這才反應過來，跳起來大聲說，「大家快照平常的做！每一排準備！」

SOP是每排最後一個同學，將帶著的參考書向前傳到第一排，但大家都要相互幫忙，畢竟參考書疊起來不薄！蕭以貞立即先拿出自己的參考書交給前面同學，然後衝到講台前去；同時，大叔已經跳下講台，站到講台的左邊靠前門處，蕭以貞則呼喚班上最壯的男同學站到講台另一邊。

「一、二、三！」蕭以貞喊著，然後兩邊同時把那個木製的空心講台抬起來！

講台下就是個完美的空間啊！這就是蕭以貞發現的藏匿處！

此時，第一排的同學已經收齊該排所有的參考書，直接往前方的地板上扔！

對，用扔的！講台並不高，沒有那個空間排放，真要整齊排列根本放不進去啊，但分散丟進去的話，只要能塞進講台範圍裡就好了！

第一排的同學扔進去的同時，蕭以貞便把滑出來的書往裡頭推，直到全數撥入後，再把講台放下來！

接著蕭以貞衝去拿掃把，把移動講台時露出的灰塵界線掃乾淨，不然一看就知道移動過。

一陣兵荒馬亂後，大叔就叫大家正常上課，其實是在等待，因為誰都不知道督學什麼時候會到，於是全班假裝沒這件事，專心上課就好。

結果，就在大家藏好後不到半小時，督學就出現了！他並沒有走進來，只是從容走過，然後進入隔壁班；全班都好緊張，現在回想這當然是小事，但在一整個班才九歲的孩子心裡，那可是件大事！

一般都要等到有人逐班報告警報解除，督學離校後，大家才能把參考書拿出來，但是很多時候為了以防萬一，都要等到放學後才能拿回。

那是有史以來最臨時的一次，所有人都緊張到不行，大叔宣佈放學後才能取回參考書，便讓蕭以貞抱著聯絡簿跟著他回辦公室，老師辦公室是用一間教室改裝而成的，整間辦公室的老師們大概有十餘人，踏進去時鬧哄哄的，每個老師都心有餘悸的述說剛才的慌亂。

「我嚇死了，才剛放好沒二十分鐘他就來了！」

「啊你教室在校門第一排啦，所以首當其衝，像我們班位在操場旁，他好像連來都沒有來！」

「這樣真的細胞會死很多……這次怎麼說來就來？以前都會提早一天通知啊！」

「最近好像抓得很緊吧？就有人說要臨時抽檢才有意義！」

「太無聊了吧？誰沒在用參考書的啦！」

「喂，所以人走了沒？剛剛聽說還在校長室那邊。」

「在校長室喝茶也比他出來亂晃好吧？校長厲害，多留他久一點再送他離開就好了！大家相安無事！」

辦公室裡老師們聊天聊得吱吱喳喳，蕭以貞則在幫大叔翻好聯絡簿，遞給大叔看兼簽名，這時再翻開其他聯絡簿準備著，現在應該沒這種情況了，但當年這種學生幫忙翻開作業或聯絡簿的狀況算是常態。

聽著辦公室裡許多老師的對話，蕭以貞只有越聽越困惑，尤其是

——為什麼每次大家都會提早知道督學要來？

這跟小偷提早會知道警察來抓他們是一樣的道理吧？既然預先知道的話，怎麼會抓得到呢？誰都知道要跑啊！

上課鐘響，蕭以貞把翻好的聯絡簿堆好，再幫大叔抱著下堂課的教材一同走回班上，路上大叔交代放學前發還參考書的事，要她多找一些人幫忙，速戰速決。

「老師，」蕭以貞終究是忍不住，「為什麼我們會知道督學來了？」

大叔明顯得緩下腳步，用一種複雜的神情看向女孩。

「還有為什麼規定不可以用參考書，但我們還要用？」聽著剛剛辦公室裡老師的聊天，每班都在用啊，「我家自己買的當然不算，但是我們班不是也有買嗎？」

這情況有種老師說不可以打架，但其實是可以的感覺。

大叔沉默了，他停下腳步仰望天空，在小小的蕭以貞眼中，那要抬頭才能看見的老師，就跟山一樣高聳厲害。

他嘴角劃出一個上勾的弧度，然後向右下看向她說。

「因為參考書對你們有用，裡面的習題更多，認真寫完後成績就會更好！」

「既然是好的，那為什麼又要規定不准用？」

大叔笑了，他有一口白牙，笑起來時就會多幾分他實際年紀該有的輕鬆感。

「因為上面的人，比老師、比學校更大的人規定，學校教育裡就只能使用課本就夠了。」大叔仔細的回答，「而參考書屬於課外讀物，就算它是好的，還是不准用，因為參考書不等於課本。」

「可是我們可以帶故事書來。」蕭以貞的概念沒有錯，都是課外讀物，卻有禁止跟通融兩種待遇。

所以大叔又笑了，他蹲下身，眼神跟平常不一樣，蕭以貞覺得有些閃閃發光耶。

「來，我問妳，假如今天開放大家用參考書，不違規，考試也會從參考書的題目出，那要用哪一本？」

「我們班上現在用的那一本。」蕭以貞直覺回答，因為那是班上買的版本。

「那妳不是說妳家也有買別的？不同牌子的！」

「有喔！我有好幾種！」蕭以貞扳著手指，逐一唸出各家出版社的名字。

「對啊，光一個社會科就三本，那妳為什麼不說用妳家裡的那本？卻要用班上呢？」大叔反問著，眼裡帶股狡黠。

蕭以貞怔住了，這問題看似簡單，但是她答不出個所以然耶！對啊，她有這麼多本，為什麼只回答一本？

「因為……我們班用這本啊！而且是老師訂的！」她想著，老師選的比較好吧？

「三本都有寫，班上這本最好嗎？」

「沒有。」蕭以貞倒沒有客氣，立即搖頭，「我覺得題目都差不多！沒有誰比較好！」

「但因為妳覺得我挑的，我是老師，所以妳挑了我們在用的那本；那現在如果其他兩本參考書的人跑來問妳說，為什麼不用他們的？明明大家差不多啊！」

「咦？他們會來問我？」小女孩嚇到了。

「假裝，妳要想像妳是學校，如果都可以用，我們一個年級有二十班，一個班有五十人，那就是一次買一千本。」大叔左手比一，右手比了零，「妳選的這本參考書就能賣出一千本，其他家一本都沒賣出去。」

蕭以貞看著大叔的手，遲疑良久，「因為我都跟這間買書，沒跟其他家買，他們來問我是因為……不高興嗎？因為沒錢賺？」

「對！因為妳『獨利』了某家。這叫獨利，單獨的獨，利益的利。」大叔晃了晃比起一的手指，「這跟一般買東西不一樣，但妳現在手裡掌握的是幾萬元、幾十萬或超大筆錢時，情況就不同了！」

蕭以貞雙眼熠熠有光，瞅著那隻比一的指頭，瞬間恍然大悟。

「我懂了。」她驚喜的看向大叔，「不公平！」

「對！所以最公平的是什麼？就是只用國家給的課本！」大叔笑得無奈，「剩下的我們就自己想辦法！」

「所以表面上大家都不要用，私下愛怎麼用是自己的事，那些賣參考書的人也不能說什麼了！」

「沒錯！果然聰明，一聽就懂。」大叔湊近了她，「所以，**違規的事不一定是不好的，但合乎規定的也不代表就是正確的，這是妳**

要去思考的事。」

蕭以貞似懂非懂的點點頭，但他們一直在經歷這種藏參考書的事啊！明明對大家好的東西卻要藏起來偷偷摸摸，躲避追查，原來就是因為不知道該選哪問參考書啊。

獨利，這是蕭以貞學到的新詞。

但她沒忘記最大的疑問，持續對大叔發問：「那既然違規，督學就是來抓誰有參考書的話，為什麼每次我們都會先知道？」蕭以貞沒忘記最大的疑問。

大叔再度笑了，「我以為妳會忘記這個問題耶，會問這個問題的人也太……妳怎麼會想到問這個問題？」

蕭以貞困惑的皺眉，她問了不該問的問題嗎？

剛剛辦公室的老師們不是都在說嗎？以前至少都能提早一天知道，今天就算再臨時，也都有高年級的學長衝進來喊報告，大家通通有時間藏啊！

如果真的要抓，應該不會有通知的吧？

「我覺得妳想問的是，為什麼會事先通知吧？」大叔突然開口，蕭以貞點了點頭。

「有人在把風嗎？站在校門口等著？」蕭以貞邊說邊否定，「但之前都是前一天就知道啊，督學又還沒來，感覺就是每一次都沒抓到。」

「妳想的角度很對，但誰告訴妳──督學一定要抓到？」大叔挑了眉，嘴上的小鬍子甚至略為飛動！

咦咦！蕭以貞小嘴微張，這問題她真的沒想過──所以不一定要抓到嗎？

「如果他非抓到不可，還會有通知嗎？」大叔輕笑出聲，戳了一下小女孩的額頭，「督學跟警察不一樣，他又不是警察，我們也不是壞人啊，督學的工作是視察學校教育！」

蕭以貞眨了眨眼，瞬間通電般的清明！「到學校來視察，如果有抓到就順便，可是他什麼都看不到，就表示沒有人犯規……所以是他通知的嗎？」

噓……大叔飛快地比了個噓，一切盡在不言中。

女孩瞠目結舌，心裡傳出的是不停地「哦～」。

「誰通知的根本不重要，有通知就好，他做他的工作，我們也沒妨礙他，每個人都好好的。」

「怎麼這麼好？每次來都會先通知！」蕭以貞笑了起來，原來是這樣運作的啊！

「呆瓜，妳真的覺得有人無緣無故會這麼好嗎？當然是有人拜託他啊！」大叔小小聲的說，「可能像……送點禮物，請他幫忙。」

蕭以貞嘴角的笑又凍住了，她懂大叔在說什麼，但大叔可能以為她不懂吧？

「老師，那叫賄賂吧！」

「欸，不對喔！誰告訴你的？那只是拜託，我們中國人講究禮尚往來，只是送點小禮物，再拜託對方如果可以的話，可以先通知一聲。」大叔認真地糾正，「妳看，今天老師如果送妳一枝冰，跟妳說萬一看到校長來時跟我說一聲，這能叫賄賂嗎？」

蕭以貞完全不知道怎麼回答，因為大叔問的問題感覺很自然啊，她有冰吃，只是看見校長時通知一聲，這能算賄賂嗎？應該不算吧？從小接受到的觀念中，賄賂可是負面詞彙的代表耶！

但，送禮跟賄賂是不一樣的呢！

「我以為不能收耶，所以大家都收嗎？」

「我剛說了，這叫禮、尚、往、來，等妳長大後妳會知道，我們做任何事最終目的是順利，送一點禮物請對方幫點小忙，或是未來需要時需要他幫點忙，讓事情順利就好。」大叔再舉了一個例子，「假設今天班長每天都請妳吃一條巧菲斯，妳是不是很開心？兩個月後有一天，班長有作業寫不完，請妳幫她寫一下，對妳來說不難，妳會不會幫？」

「班長就算沒有請我吃巧菲斯，我也會幫啊。」蕭以貞嘟起嘴，這種小事幹嘛一定要有巧菲斯？

「但班長說只要妳幫她，她會再請妳吃一整盒巧菲斯呢？」大叔又問，小女孩都掩不住燦爛的笑容了。

「我會很開心，我可以幫忙寫全～部！」

「對啊！大家都要開心，作業寫好了，妳也有一整盒巧菲斯。」大叔頓了頓，「那如果副班長同時也請妳幫他寫作業呢？副班長之前沒有請妳吃兩個月的巧菲斯，但班長有，而妳的時間只能幫一個！」

「呃……」蕭以貞咬著唇，沒什麼遲疑的選擇了班長，「當然是選班長啊，她對我這麼好。」

「對，這就是老師說的，**禮尚往來**，」大叔的手在兩人之間來回比劃，「人與人之間有來，才有往。」

蕭以貞點頭如搗蒜，懂了！原來如此！不過大人的世界好複雜啊！

「不過，我們有這麼多學校，如果每一間學校都送禮物，那就有人會收到好多禮物耶！」

「那是當然！但不是每個人都有資格收禮物的！」大叔失笑出聲，「像沒人要送我禮物啊，因為我沒有權力、沒有用處，送我沒有用，我幫不上什麼忙。」

蕭以貞眨了眨眼，「所以要有權力又具備能力的人，才會被人拜託啊！」

例如督學，因為他視察學校，如果有人用參考書被抓到就完蛋了，為了不完蛋，大家才會送他禮物。

「聰明！」大叔捏捏女孩的鼻頭，「好啦！我們該回教室了，今天說的話，不可以告訴別人喔！」

「嗯。」蕭以貞用力點頭。「……不過老師，教師節我有送你卡片耶！」

「哈哈哈！我知道！乖！」

蕭以貞懵懵懂懂，但至少明白了大人的世界運作，為什麼總說要抓參考書的督學，總是讓大家有時間藏書？不管多臨時都有辦法通報。

送點禮物、拜託人家，就可以讓大家都開心。

劃線重點是：**大家要開心**。

—站在校門口的校長—

蕭以貞唸的小學有個特色，就是低中高年級的導師很少會跳來跳去，教低年級的老師就一直教低年級，鮮少今年教低年級，明年跑去教高年級的，一般能教高年級的老師都有所歷練，或是「很厲害」才行。

至於什麼叫「厲害」，大叔對蕭以貞說，這種定義很複雜，以後她會知道。

不過，這個以後沒有多久，蕭以貞就親眼見識到了。

當時，蕭以貞報名學習繪畫，這種屬課後教學，由學校老師教授，這絕對是違規的，但也沒人阻止，學生們並不懂這些，總之交了學費，乖乖上課就是了；不只這種才藝教學是違規，當時有許多老師在外開設私人課後補習，絕對違法，這是學生們都知道的事。

大家要去老師家補習時，都得偷偷摸摸，還有話術跟暗號，老師也都會直接告訴學生，絕對不能讓人家知道；這是一種學校知道、老師知道、家長知道，學生知道，應該連教育部也知道，但是大家依舊持續進行的事。

繪畫課一週兩次，放學後多留下一節課學習，有時非教學時間，自己也能留校練習，蕭以貞就是會留下來練習的人。

那天班上就剩她一個人，利用這時間畫作業，安靜又自在。

「蕭以貞？妳怎麼還在？」大叔突然走了進來，嚇了女孩一大跳，她回首看著老師從後門走進，手上拎著好幾大盒東西。

「我在畫老師交代的功課。」她嘴上這麼說，眼睛早已好奇的看著大叔把兩手的大盒子擱在同學的桌子與椅子上。

那是好幾盒大水果，比課桌還大箱那種，盒子外面印的是蘋果。

「蘋果耶！」孩子好奇心總重，放下畫筆就跑過去看了。

「對，富士大蘋果，日本的。」大叔甩甩手，手指頭都被勒紅了。

「這麼多吃得完嗎？」她看著四盒蘋果，那年紀對富士蘋果沒概念，只覺得那麼大的盒子裡至少有十幾顆吧？

「不是大叔要吃的，這是要送人的。」

蕭以貞立刻覺得有趣，因為她還記得之前討論過的「送禮」。

「是要大家都開心的那個送禮嗎？」

大叔堆滿微笑，「對！沒錯，要讓大家都開心的送禮！」

蕭以貞好奇心又犯了，「所以大叔想拜託什麼？」

「嗯……」大叔皺起眉，似笑非笑的看著她，然後對前後門顧盼之後，確定沒有人在外面，往前湊近對女孩低語。

「大叔希望可以快點教五、六年級。」

小學都是每兩年換一次班、換一個老師，現在是三年級，所以再怎樣大叔都會教她到四年級畢業吧？

「為什麼？等四年級後，不能教五年級嗎？」

「不行，尤其我是新來的，必須得教好幾年的中年級才能教高年級……所以大叔想快一點教五、六年級。」

「送蘋果就可以嗎？」

大叔聲音變得非常的輕，「不知道！所以我會準備很多很多禮物。」

接著又說，「一直送到對方開心了，就有機會讓我教五、六年級。」

蕭以貞心知肚明，拐這個多彎，換那麼多名詞，它其實就是賄賂。

「就像我如果吃了班長兩個月的巧菲斯，他要我幫忙時，我就會幫了。」蕭以貞也沒忘記這個例子。

大叔凝視著女孩，緩緩閉上眼，代表肯定的答案。

「大家都這麼做嗎？我一直以為這是不對的。」蕭以貞終究還是問了心中的疑惑。

大叔顯得有點苦惱，但思考一會兒後，他換了個說法。

「身為老師應該要教你們什麼是正確，什麼是錯誤的，但長大後，妳會發現，世界上根本沒有絕對的正確跟錯誤。像每個大人都說不要說謊，但其實每個人都在說謊，難道妳的爸爸媽媽都沒有騙過妳嗎？」

蕭以貞立即搖頭，有騙過、也有食言，尤其最常在家裡講哪個親戚怎樣，過年時說得又是另一套。

「所以除非像犯罪的事外，很難界定什麼是正確？什麼是錯誤。大人們只是希望妳對他們誠實，但他們不一定會妳誠實，接著等你們長大後就會發現，很多事都是假象，我們本就生活在謊言中——但這並不是錯的。」大叔即刻舉了個例子，「如果今天妳好朋友的貓咪走丟了，她一直找不到，結果妳看見那隻貓被車撞死了，妳會告訴她貓咪死了嗎？」

蕭以貞倒抽一口氣，貓咪被車子撞死也太可怕，「她有看見嗎？」

「她不知道，她只是以為走丟了一直在找，貓咪被撞死的事只有妳看見，當她問妳說，『蕭以貞，妳有看見我的貓嗎？』妳會怎麼辦？」

「……不知道，沒看見。」蕭以貞飛快搖頭，總比說看到被車撞死好吧？

「對，所以妳說謊了。別緊張，老師沒有說妳錯，因為妳是怕她難過！這就叫善意的謊言，只是為了不讓對方更受傷！」大叔彈了指，響亮極了，「說謊是錯的，但善意的謊言卻是對的，沒有什麼事是統一標準。」

是啊，大人們很常人前一套、人後一套，也都說是「白色謊言」，這些蕭以貞很明白，她都看在眼裡。

「所以賄……送禮大家都說是錯的，可是其實不見得是錯。」她只能這樣舉一反三。

「沒錯，妳既然要拜託別人，當然要送點東西，不然誰要幫妳？」大叔接著又反問。「那如果別人送妳東西，妳可以不收嗎？」

蕭以貞沒有回答，這問題也太難，「我收了就一定要幫他嗎？要是我做不到怎麼辦？」

「還是得收，妳可以說妳會盡力！我們在送禮時，也不會說：你一定保證做到喔！我們只會說，這是我的心意！希望你能力所及時可以幫忙……」

大叔邊說，一邊拿起我的鉛筆盒遞給我。

我看著鉛筆盒，腦中浮現了小劇場：這是禮物，我該收不該收？

「可是如果我不喜歡這個人，我不想幫，可以不收嗎？」

「可以！但是我會很不高興，我甚至會生氣，以後有機會可能會害妳，或是某一天假如妳剛好需要我幫助，我就不會幫妳！」大叔盯著蕭以貞的雙眼，難得帶著點凌厲，「換個角度想想看，妳如果送別人禮物，對方跟妳說我不要？」

這樣聽起來好沒禮貌啊！換個角度思考蕭以貞就感同身受了，她真的會生氣，感覺太差！

重點是大叔提到的一點讓蕭以貞很在意，萬一未來她也需要對方的幫助呢？

即使遲疑，蕭以貞還是接過了鉛筆盒，有種被迫的感覺，但卻不得不收下。

「收得不太安心？」大叔笑了起來，女孩點點頭。

「但妳再勉強還是會收下來，因為妳會考慮到我會生氣、或是以後妳需要幫忙，就算妳不見得會幫我、或是能幫我，但是如果有機會可以達成我的願望，妳會不會試試看？」

「對啊，因為都拿你的東西了！」蕭以貞回得很不情願，胸口有種被大石壓著的感覺。

「這就是因為妳不想欠我人情！所以有機會妳還會幫我，當妳幫成功了，禮物就不算白拿，我開心，妳也就放心了。」

蕭以貞望著手心裡的鉛筆盒，嘆了口氣，「難道，這就是做人嗎？」

大手往她頭上搓了搓，大叔相當滿意的笑了起來。

「對！這就是做人！人生從來無法隨心所欲，所謂跟著性子走只是任性跟不懂人情世故的表現！現在是妳最開心的時候，長大後妳就會知道，人活在世上，每天都在不得已過日子。」大叔說這些話時充滿無奈，「我們只能換個想法，妳有能力大家才會來拜託妳，這是妳有本事、妳厲害，既然妳這麼厲害了，收個小禮物也就沒什麼囉！」

蕭以貞開始拋接起手中的鉛筆盒，「每個人都送禮跟收禮，又沒有人會拒絕，但又不是每個拜託都能達成，不就有白做工或白送禮的情況？」

「這沒辦法，只能盡量送對人、送對東西，這就扯到送禮物的學問了！妳還太小，沒辦法懂。」大叔邊說，一邊拎起桌上的兩大盒水果盒，「好了，妳幫我看著，我先出去一趟。」

「好！」

看著大叔拎走兩盒水果出去，彷彿那沉重的盒子裡，承載的是他的請託。

看似錯誤的事或許是正確的，看似正確的其實是錯誤的，蕭

以貞咀嚼著老師剛剛所教導的一切。

送禮的積極、收禮的不好意思，即使再為難還是會收下，這又會牽扯到人情問題，無論如何多少還是會給予協助，一切都是環環相扣，再怎樣都會回到原點，難怪很常聽人說：做人很難。

至少蕭以貞明白了，人際中送禮是必然的，這叫禮尚往來。

◎◎◎◎◎

大叔送完四盒水果後，蕭以貞收拾好東西正準備放學回家，這時大叔返回教室說要陪她走到校門口，也讓她看個「新奇的東西」。新奇的東西？小孩子對於這種說法最感興趣了，自然是雀躍的連連點頭。

教室位在一樓，只要一路走出校門就可以了，不過，走到靠近校門那一棟時，大叔找個樓梯就讓蕭以貞上樓，她覺得奇怪但還是照做了，他們走上二樓，然後繼續往靠近校門的那面走去。

「來！蹲下身體半蹲過去，不要被下面的人看見，就躲在欄杆旁邊，往樓下偷看。」大叔推著蕭以貞往二樓穿堂去，「我在這邊等妳。」

「咦？」蕭以貞有點害怕的看著眼前的穿堂。

通過穿堂就是走廊，往下可以看見校門，女兒牆不是那種鐵欄杆，而是有石柱錯落，這一棟樓不是教室，而是有很多會議室，校長室也在這兒。

「妳就去，沒事的。」大叔鼓勵著，「現在沒人開會，校長室在另一邊轉角，有人走出來也看不見妳。」

「我要……躲著偷看什麼嗎？」蕭以貞緊張兮兮的問。

大叔肯定的點點頭，蕭以貞深吸了一口氣，把書包跟東西都擱到大叔腳邊，真的伏低身子，躡手躡腳的跑到最前頭的女兒牆邊；石柱錯落，但因為實心處很寬，足以遮擋她小小的身軀。

她就從縫隙往下看，因為已經過了放學時間，幾乎沒有多少學生，導護老師也不在了，但是——她卻看見了校長站在下面！

校長很好認啊，就沒有頭髮的頭頂亮晶晶，穿著西裝，任誰都認得出來！他就站在靠門口的花圃邊，笑著跟離開的老師們打招呼。

「辛苦了！」校長朗聲說著，舉起右手揮揮。

「沒有沒有！」一個老師走向校長，趕緊握住他的手，「謝謝校長！謝謝！」

「最近不錯吧？」校長問起了那個老師的老婆。

他們說話時，握著的手都沒有鬆過，看起來很用力的樣子，蕭以貞躲到實心處聽著大人寒暄一陣子後，再回頭偷瞄；老師跟校長終於道別了，再三頷首後離開學校，然後……

校長的右手裡握著一個東西，放進了口袋裡。

蕭以貞看不清楚那是什麼，但跟著又有另一個老師也上來，他明顯的張望，嚇得蕭以貞趕緊縮回身子，嚇出一身冷汗。

「最近還好嗎？」她聽見校長在說話。

「託您的福，一切都好。」

「上次考試你們班分數很高啊！表現很好！」

「哪有！謝謝校長啦！」

蕭以貞好奇心凌駕於恐懼，她謹慎的再度回頭，不敢整顆頭冒出去偷看，而是緩緩的、一吋吋的移出去，瞇著一隻眼，只要能瞄到校長他們就好了！

不過等到她瞧見校長時，那個老師已經離開了，她趕緊引頸瞄著，這次終於看見了校長手上的東西！他拿著一個對折的信封，用手捏了捏信封，略有厚度，然後又放進了口袋裡。

接著又有一個老師過來，蕭以貞狐疑的縮回身子，坐在地板貼著牆的她，往前就能看見一個穿堂距離的大叔，大叔比劃手勢要她回來，但是她想了一會兒，決定換個方向，如果不看校長這邊呢？

她轉頭向自個兒的右方，一樣透過女兒牆下的小柱縫隙瞄一眼……她看見了好幾個老師分別站在樹下、或是更遠的地方，像是有種無形的規矩，排隊似的上前，就為了與校長「道別」。

每一個老師離開後，校長的手上就會多個東西放進口袋裡，下個老師再若無其事的上前！蕭以貞看得瞠目結舌之際，她看見了教她課後畫畫的老師——咦？

她縮回身子，再度看著大叔朝她招手！她伏低身子衝了回去，一路直抵大叔身邊。

「看這麼久，我都替妳緊張！」大叔拎起書包，為她背上，「看到了什麼？」

蕭以貞腦子嗡嗡響著，背妥書包後回頭就是一問，「信封裡是什麼？」

大叔正為她把長髮從書包下撩起，頓了一頓，朝著她劃上一抹笑，「信封裡是什麼？」

是她先問的，大叔又問她。

但是蕭以貞心裡卻知道答案是什麼，因為大叔的不回答，就代表那是答案。

「這麼多老師都要跟校長說再見喔……」蕭以貞喃喃說著，「我看到教我畫畫的老師。」

「嗯，老師是不可以私自開補習班的。」大叔陪著她從來時路緩緩離開。

教畫畫是違規的，不是沒人去管，而是……因為老師去「拜託」了校長。

「其他老師是因為開課後補習班嗎？我聽別班都會去老師家上

課。」大叔倒是沒開補習班，算是當時少見的例子。

大叔又是笑而不答，帶著女孩下樓。

「這些事如果被發現了怎麼辦啊？」蕭以貞非常緊張的問，「我覺得不管哪一個，都很可怕！」

因為，全部都是違規的事啊！

「那就要看，校長有沒有好好送禮物了。」

大叔對著蕭以貞說出了關鍵。

女孩站在走廊下，雙眼清明的「哇」了一聲，懂了！

「送禮果然很重要。」她逕自下了結論，「每個人每一層，這些都是環環相扣的！」

「當然囉，這是心意嘛，我們要把心意準確的傳達給對方知道。」

大叔拍拍蕭以貞的書包，「想想，妳收禮物時開心嗎？」

「開心！」

是的，大家都要開心。

對，今天什麼事都沒發生，蕭以貞愉快的離開；從一樓穿堂步出時，十點鐘方向的某位老師臉色刷白的抽回手，連校長都回頭看了她一眼。

「怎麼這麼晚還沒回家啊？」校長神色自若的笑著對蕭以貞說。

「上課呢！」她說得理所當然，朝校長跟那位老師敬禮，「有問題問老師。」

「好好，回家小心啊！」校長和藹可親的說著。

蕭以貞滿帶著笑容轉身朝一點鐘方向的校門走去，這天上的課彌足珍貴。

後來，大叔沒有教她到四年級，教完三年級就離開了！直接換到北市高級小學去，教著高年級；十幾年後，她在電視裡看見了他，在教師圈佔有一席之地。

而那天與校長一起、被蕭以貞撞見臉色蒼白的那個老師，後來陰錯陽差成為她四年級的導師，但他並不記得她；後來她也知道這個老師去跟校長「道別」的原因，因為升上四年級後，這個導師有開課後補習班。

四年級時，蕭以貞偶爾還會在放學後跑到二樓那個走廊下，看著每個月第二週、星期二出現的校長，以及各個老師們；再看到自己四年級的導師從一年前的侷促不安到後來也變得老練從容。

這個四年級導師當初只比大叔早來一年，也算是新來的老師，相當年輕亦無資歷，當時蕭以貞想起大叔說過，除非過去資歷豐富，新來的老師應該都是從低年級開始教起！於是，她開始觀察自己四年級這個導師，總覺得他應該不比大叔差。

印證了她的猜測，隔沒兩年他就教了高年級、再兩年成為高年級的學年主任，不到十年就已是教務主任了。

◎◎◎◎◎

在蕭以貞五年級時，一場老師的告發突然掀起巨浪！

有一位女老師寫信到教育部去，告發了校內有許多老師私下開設補習班，收自己班級學生補習，還進行考前洩題，嚴重違反公正性，而校長主任們都知道，卻選擇睜一隻眼閉一隻眼，因為收了賄。

有人到學校來調查，由於蕭以貞五年級的老師並沒有開補習班，所以他們班基本沒什麼事；但當時校內氣氛之腥風血雨，高年級的學生都能領會一二。

某天，在路上蕭以貞遇見四年級導師，還來不及打招呼，四年級導師即刻拉了她到角落，壓低聲音問道：

「有人問妳以前有跟我補過習的事嗎？」

聽說調查在追溯，即使四年級升上五年級時又分班了，但好像還是會找過去的學生問話。

「我現在五年級了，老師。」蕭以貞搖了搖頭，「我們班沒有補習。」

「我是說，有人問妳四年級的事嗎？」四年級導師神情相當嚴肅。

蕭以貞看著他，睜著一雙大眼，「老師，你不是說你沒開補習班嗎？」

校內每個老師都是否認到底的啊！

四年級導師一陣錯愕，旋即釋然的笑了起來，他看著蕭以貞，輕柔的撫著她的頭她的髮，「好孩子……是啊，我本來就沒開！」

「對啊，又沒開，我們怎麼會有補習呢？」蕭以貞聳了聳肩。

四年級導師笑了起來，愉悅的看著她，「妳要去哪裡？合作社嗎？想吃什麼老師買給妳！現在五年級的課如何……」

四年級導師買了餅乾、巧克力和布丁給蕭以貞，她開心的抱著這些點心回到自己班上。

她從來沒有看錯眼，這個四年級導師也是很厲害的呢！

在升上六年級前夕，課後補習班與收賄的事最終都沒有下文，也沒有結論，老師們照樣開著補習班，校長還是固定時間到校門口親切的跟老師們道別，只有一件事不同——

舉發的那個老師離開了學校。

我們是禮儀之邦，做人做事就是要禮尚往來，送禮的送到心坎裡，收禮的收得心安理得，大家都很開心。

什麼事是正確的？什麼事又是錯誤的呢？**當大家都做著看似違規違法的事，但是世界依舊和平的運轉著，而破壞這份和平、拿著正確大旗指正的人，最終無聲無息的消失了。**

這門課，對於蕭以貞來說，實在是太珍貴了。

◎◎◎◎◎

琉璃禮盒擱在一旁，我們最終選定精美的琉璃，蕭以貞還在上面刻上對方的名字，成為獨一無二的客製禮品。

鐵架裡的肉片滋滋作響，以貞烤肉也是一絕，烤起肉各種熟度恰到好處，正如她的做人做事。

「這麼小就知道賄……送禮的重要性啊！」我深覺佩服，「妳要感謝妳那位三年級導師耶！」

「沒錯，大叔雖然只是告訴我皮毛，但的確讓我此後懂得思考這方面的事，送禮文化太深奧，我也是一路觀察、慢慢學習，至今仍在學習中。」蕭以貞百分之百同意，「小四的導師更勝一籌，可惜那時我沒有近身學習，他做事很小心，我就只看到一次！」

「不是固定跟校長……說再見嗎？」

「那是定番，但我看到的是更特別的……」蕭以貞加重了語氣，「他專門送一些定製『昂、貴』的茶葉禮盒。」

哦～我暸然於胸！

說著，蕭以貞把烤好的肉夾到我盤子上，我夾起肉送入口中，瞄向擱在一旁的琉璃禮盒。

「但總是這樣費盡心思，會不會累啊？」

「累？呵，世界上哪有不累的事，人際也是工作的一環，只是不需要想得太複雜。」蕭以貞一派從容，「反正挑禮送禮的過程，想著對方收到的心情，自己也會開心的，未來某一天如果真的需要幫忙，我也才有底氣說話。」

「那萬一妳這麼用心，但其實不一定會有需要對方幫忙的地方呢？」

「會啊，那就單純感受他收禮的喜悅就好了啊！我覺得有所求再送的就太功利了，我喜歡把起點放在『我喜歡送禮物』上，所以我對禮物可是很講究的，送禮就要送到心坎裡，看著對方開心，自己也會很有成就感啊，一種我挑對了的感覺！」

「嗯嗯，」我托著腮，「重點在於：大家都要開心。」

禮尚往來，面面俱到，各取所需，兩全其美。

蕭以貞慧黠的雙眸一彎，藏著無盡笑容，「對，大家都開心！」

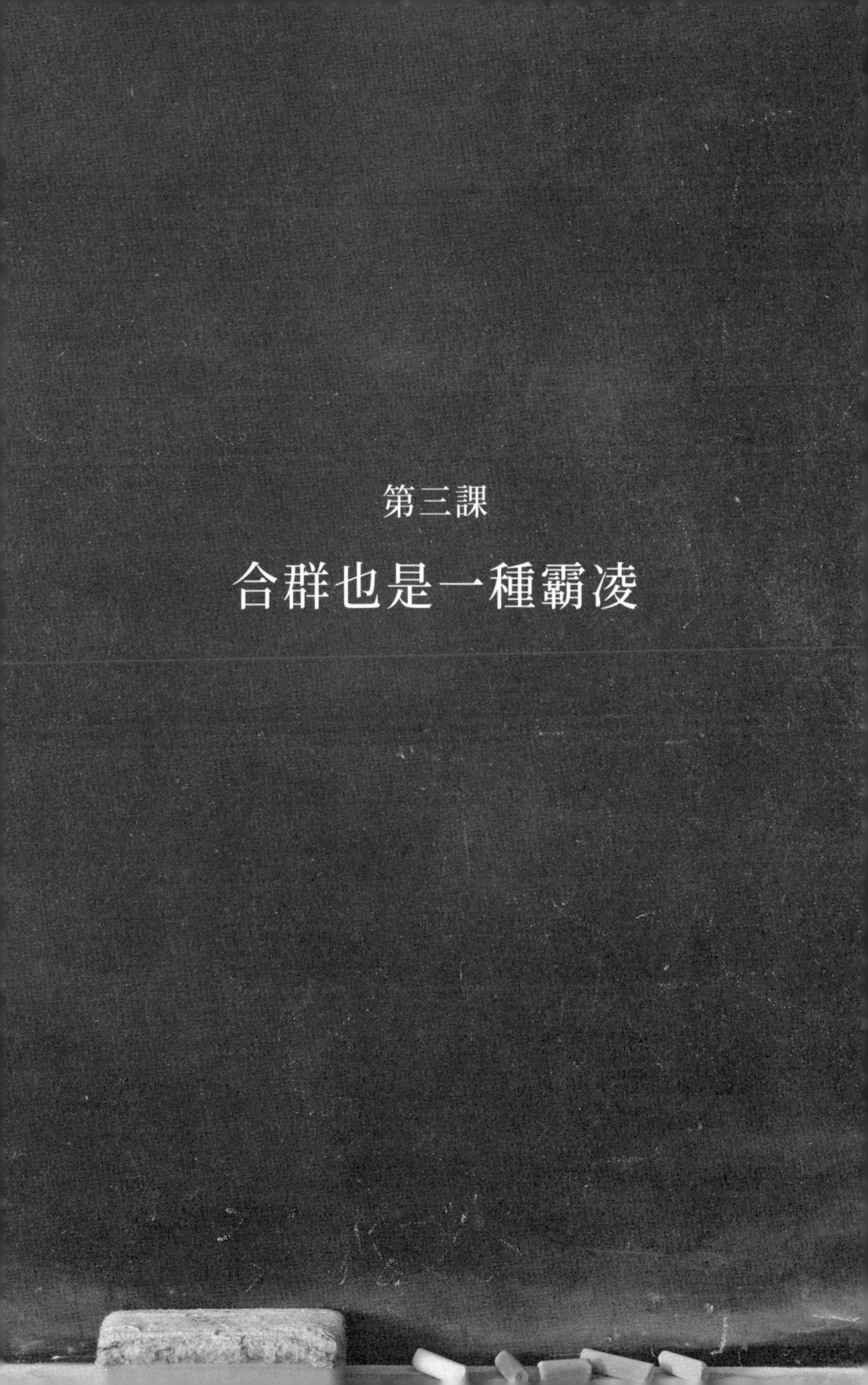

第三課

合群也是一種霸凌

郭怡菲是我的朋友之一，是位極具個性，早就擁有「被討厭的勇氣」的人。

而這一切都是因為，她很小就發現合群的非必要性。

不過，怡菲她還是會盡量顧及群體利益，並不是硬唱反調，所以成長過程一路走來都沒什麼大事，扣除被群體的情緒勒索外，但只要不影響正事進行，怡菲也從來沒在理睬這些事，永遠做自己。

雖說她一直如此，但發現到郭怡菲這個特點的，是她小學六年級的導師，這個老師中規中矩，當一天和尚敲一天鐘，所以態度較為消極，是那種多一事不如少一事的類型，由於總是敷衍的笑笑，大家都叫他笑面仔。

由於郭怡菲那所小學六年級的活動實在太多，導致她不合群的一面隨著活動增多而逐漸顯露出來，尤其郭怡菲極不喜歡無理的事，更不愛盲目的附和，也不會做那種大家說好、她就得點頭的事，所以她開始被班上排擠。

◎◎◎◎◎

笑面仔第一次找郭怡菲，是因為那天班上為了田徑比賽在練跑，這場比賽每班要派出十人參賽，班上選拔非常簡單，下星期的體育課全班集體比賽，前十名者出賽。

不過這陣子的練跑郭怡菲從沒參加過，一個人待在教室裡，於是有同學舉發她。

「妳在幹嘛？」

笑面仔冷不防的站在教室後門，而郭怡菲正坐在自己的位子上看故事書。

「看故事書。」郭怡菲不驚不懼，回頭時揚揚手裡的故事書，那是從圖書館借的。

「我是問妳為什麼沒去練跑？」笑面仔走了進來，口氣很溫和。

「喔，因為我不想參加比賽。」她不會也不想找藉口。

「為什麼不想參加呢？這是班上的活動，我們……」

「就、是、不、想！不、喜、歡。」郭怡菲仰頭看著笑面仔，她倒是帶著不耐煩，「而且我本來就跑不快，根本不會入選。」

既然不可能中選，硬要全班去練習、測驗、再選出人，她真心覺得多此一舉，浪費時間。

笑面仔嘆了口氣，「怡菲，妳好像不是很喜歡參加班上的活動？不過這個……」

「對，我不喜歡。」郭怡菲立即回答，「既然我不會中選，為什麼要去練跑呢？」

「嗯……但這是班上的活動。」

「我不去練跑會影響到比賽嗎？」她問著笑面仔。

「不會。」笑面仔想要接著說明合群的重要性。「但是──」

「學校沒有規定一定要合群吧？」郭怡菲先聲奪人，她知道老師們會說什麼，但他們也只有這些說詞而已，所以反駁的理由她老早就準備好了。

笑面仔看著郭怡菲，既驚訝又萬般無奈！他早就注意到這個學生的「特殊之處」，但她的不合群的確從未影響到事情，只是會……礙到同學的眼，一堆孩子都會跑來找他告狀，例如：為什麼郭怡菲可以不練跑？她可以先走？她可以怎樣怎樣。

「那為什麼上學期拔河比賽妳參加了？」

「因為那個比賽少一人都不行！全班每個人都要參加，差一份力就會輸！」這種事她知道，當然會參加啊。

「妳知道我們做人要合群嗎？合群就是……」

「比較好控制，還可以順某些人的意，以及失去自我。」郭怡菲直接接話，對著笑面仔聳了聳肩。

笑面仔愣住了，便挨著郭怡菲身邊坐下來，「小朋友，想太多了喔！這個年紀不必思考這麼深的事吧？怎麼會說**合群是拿來控制人的？**」

「大家都在做給我看啊，我只是有自己想做的事，不想配合大家，這樣不行嗎？」郭怡菲看向笑面仔，「老師你現在跑來教訓我，是因為同學告狀，你變得會很難管，所以也就希望我合群吧？」

換句話說，老師們就是希望好管控學生，才會希望學生合群。她已經小六了，經過六年的學生生涯，遇到的相關事件夠多了。

笑面仔無可奈何的笑了笑，臉上卻難掩不耐煩，對，怡菲說得沒錯，誰喜歡特殊的學生？大家都是來上班的，**一起相安無事不好嗎？他討厭所有特別的學生，特別聰明或特別笨、特別精明或特別鈍都一樣，學生最好通通平凡、乖巧聽話，這樣他日子也能平凡。**

「妳這樣的個性不行喔！不只在班上會讓人不喜歡，以後遇上任何團體都很麻煩，長大後去上班，妳的同事、主管都會討厭妳，人們最討厭這種不合群的人了！」笑面仔直接恐嚇起她。

「我沒關係，為什麼一定要順著大家？反正我從來沒有影響到大家啊！老師你就說我身體不舒服吧。」這個郭怡菲也很有經驗了，「大家一定要得到一個理由，就給他們吧！」

笑面仔忍下心中的不滿，這個學生真的非常惹人厭，但是她說的又沒錯，沒道理順著群體，而且她也從來不影響公眾利益。

「妳不合群還這麼理直氣壯，妳都不怕被處罰喔？」笑面仔想要用另一種方式勸說。

「沒人規定要合群啊，我又沒犯規，老師你想用自己喜好處罰我嗎？」她再度從書本中移開視線，現在換她不耐煩了。

「好，很好……」笑面仔抓了抓頭，在他可以運用老師權威時，這

ㄚ頭居然先聲奪人……為什麼這個班來了這麼麻煩的人啊！「妳有本事就這樣繼續下去，妳早晚吃虧！」

她知道老師在生氣，但她也習慣了，每個老師都這樣，不順應不聽話就是錯，每次訓話的內容也都大同小異，事實上大家越指著她說錯，反而激起她的堅持——因為她知道自己沒有錯，大家硬逼著她進行「合群」，都只是為了好做事以及不容被挑戰權威罷了。

她可以一再的被訓話，也可以持續理直氣壯的反駁，因為他們真的都不能對她怎樣，怡菲她非常明白。

笑面仔連起身都很用力，不過走沒兩步又折回來。

「到底誰教妳這樣的？妳是故意唱反調的嗎？妳知不知道這是個班級？這是團體，在團體裡妳就必須一定要合群。」

怡菲深吸了一口氣，她覺得這本書今天很難看完了，蓋上書後看向笑面仔。

「這是騙人的。幼稚園時領點心，說好大家都要排隊，但都有人故意不排隊，插隊領點心，還硬把其他人擠到後面去，但最後他們都會先得到點心。」她邊說邊搖頭，「有時我不想吃點心，也會被逼著非要拿碗去排隊，不想吃都不行。我領回來了，最後沒吃也不會逼我吃，既然這樣，為什麼又一定要逼我去拿呢？就因為要合群嗎？」

要合群，現在是點心時間，就是要去領；大家都在排隊，就是要乖乖的排在線內，要跟大家做一樣的事，才是「乖小孩」。

她並不覺得這是乖小孩的定義，而且被逼著做不想做的事，她很痛苦。

「但大家都這麼做，妳這樣特立獨行，從來不覺得自己怪嗎？」笑面仔擰起眉聲音嚴肅，「老師不是在嚇妳，是在跟妳講道理。」

「我不覺得啊。老師，班上很多小團體裡都會有個頭頭，頭頭說出來的話大家都說好啊！跟啊！好像怕說不一樣會被怎樣，可是這個頭頭就不需要合群喔，但他希望大家對他合群。」郭怡菲說得雲淡風輕，「**大家其實只是害怕被孤立，怕沒有朋友，並不是每個人都打從心底願意合群。**」

笑面仔看著郭怡菲，心裡突然百感交集，這個學生真的很難帶啊，但是她從五年級開始就是如此，一點兒也不在意被人排擠，而且還很怡然自得。

卻有種獨特的清醒。

「大家會怕是有原因的。」笑面仔想起班上的例子，「我知道班上大家都在欺負小升，因為他說話很像女生，前兩天大黃還故意拿球丟他對吧？」

郭怡菲點點頭，小升幾乎是全班的箭靶，完全的無妄之災，大家都說他是娘娘腔，正因為這樣他被欺負得特別慘；笑面仔規勸過班上的學生也沒有用，畢竟他無法時時刻刻地盯著，只要自己不在，那群人就是會霸凌小升。

這就是當時班上的氛圍，大黃他們是一票皮到要死的男生，皮到每天被打都司空見慣，他們也打不怕，一群人在一起就是要鬧要打架，玩一堆現在看起來中二到爆的遊戲——包括在教室裡玩球。

在教室裡傳球真的很煩，球掉到別人桌上、砸到人或弄壞東西，大黃他們也只是笑笑的說抱歉，同學們就算氣得要死、或是追打他們，他們也無所謂！最討厭的是一看到小升，就說要改玩躲避球，全部的人拿球扔他。

小升總是被一路逼到教室角落，然後大黃他會把球傳下去，誰拿到球，就要拿球K小升……這時即使是與小升平常沒交集的人，一拿到球也是照樣丟他不誤。

這種事最常發生在掃地時間，因為掃地時間比一般下課時間長，大黃他們見時間一多就會想一堆有的沒的；郭怡菲負責掃外面樓梯，她如果回來看見他們太過分時，就會主動接過球改扔向大黃他們，要他們停止這無聊的遊戲。

但郭怡菲也不可能每次都護著小升，她又不是他的媽，他也不能總是寄望著別人出手相幫。

校園霸凌雖然已經備受重視，可卻是永遠杜絕不了的事，有人的地方就會有霸凌，除非請一個二十四小時的保鑣守在身邊，否則誰有義務要保護你？誰必須替你出頭？

自己的事，終究還是得靠自己解決才行。

郭怡菲只是不懂，為什麼跟小升不熟的人也要打他？而且大家都是笑著朝小升丟球，這一點都不有趣啊！

「妳明明跟大黃他們很要好，大黃卻是主要霸凌小升的人，誇張的是那天我看見連跟妳挺要好的小朱也打他，」笑面仔像是質疑郭怡菲，「妳卻護著他？」

「因為我不懂小升哪裡錯了，他又沒傷害誰！我制止不了大黃他們，就只能把小升拉到我身邊，畢竟大黃他們不會欺負我。」郭怡菲對此事始終費解，「別人傳球過來，我就得拿球丟小升這件事，實在太莫名其妙了！」

「不過大家都丟，那天不是連小朱這種文靜的女生也一起欺負他了嗎？」笑面仔眯起眼望著她，「妳知道這也算合群之一嗎？」

郭怡菲面露不屑，她當然知道。

「就是怕大黃他們，怕不丟球也會被孤立，怕成為下一個小升吧！」郭怡菲歪著頭面向笑面仔，「老師，這種情況你也希望我合群嗎？」

笑面仔面對她的疑問真的愣住，糟糕，他不知道該怎麼回答。

這種群體霸凌的「合群」他一點都不喜歡，也不贊成，但是幾分鐘前他才高舉著「合群」大旗教育郭怡菲而已。

「好吧，妳不怕被孤立就好。」笑面仔只能這樣說，因為郭怡菲根本不會理他，「只要知道自己在做什麼，這樣就好。」

郭怡菲很堅決的搖頭，「沒有誰能孤立誰吧？為什麼不說是我孤立其他人呢？我只是跟大家想法不合，但我一個人可以好好的，我也不害怕孤獨。」

「哈哈哈，孤立這個字，孤就是單的意思，形單影隻，是沒有妳個人去孤立一群人的說法喔！」笑面仔趁機教學。

「好吧！那就是……」郭怡菲想了想，最後自己笑了出來，「我超不合群！」

「很好。」笑面仔睨了她一眼，「妳就繼續保持這樣吧，雖然我們都曾希望成為不盲從的人，但這個世界沒這麼簡單的。」

郭怡菲拿起書，重新翻開，她從不在意這種事。

如果在意的話，她現在就不會待在教室裡了，對吧？

◎◎◎◎◎

自從笑面仔跟郭怡菲談過後，她反而放心許多，以後再遇到類似情況，就減少解釋的麻煩，能更加自在的做自己。

不過，被排擠的日常仍在發生，當時她的學校規定天天都要穿制服，但開放每週三能穿便服上學，結果不知道是從哪兒帶起來的風氣，連在便服這天，很多班級都要玩「統一」的花招。

聽說是從高年級開始的，每一班可自行決定便服日那天，全班要穿什麼便服顏色或是花樣，有時是花朵風、有時是藍色風、有時是黃色風等等，升旗時看下去一個班就會是個整齊的方塊……

呃，郭怡菲完全不明白這件事意義在哪裡？

但越來越多班級這樣玩，而她的班級也淪為跟風的一員。

某一天，班長很高興的在班會上提出了臨時動議，定出下一個便服日的「白色」。

郭怡菲內心翻了白眼，但她就算不配合也不會當面嗆、或是反駁，她只是想做自己的事，不是要跟人爭輸贏，也就不需要起爭執；便服日還要規定服裝這件事太令人匪夷所思，笑面仔也說過這樣太奇怪，大家愛穿什麼就穿什麼啊！但班長那票女生在那邊撒嬌的說大家都這樣穿啊，所以自己班上也要穿得有特色。

欸……都一樣了，叫什麼特色啊？

總之，笑面仔最後消極的不管這件事，反正讓班長自己去弄，因為這也沒有違反校規，不能硬性規定，也強調這不是老師要求的，就怕學生回去亂傳話，等等家長不滿就麻煩了。

最後，他離開教室，乾脆不參與這段臨時動議。

郭怡菲當然不會穿，因為這件事毫無意義！坐在她旁邊的小容一聽到後就嘟著嘴，因為昨天她才說自己媽媽買了一件粉紅色紗裙，她早就想著後天便服日要穿來的。

「妳穿啊！」郭怡菲絕對鼓勵。

「那是粉紅色耶！」小容嘟囔著，「大家說要穿白色。」

「便服日的意思就是想穿什麼就穿什麼，這又不是班級比賽，也不是學校規定。」郭怡菲不懂這有什麼好在意的。

「可是大家都投票通過了啊，不是少數要服從多數嗎？」小容皺起眉，「妳不會不打算穿吧？」

「嗯，不打算。」郭怡菲沒有絲毫一點遲疑，「這種又不是班級比賽，連討論都沒必要，幹嘛表決？」

她剛剛完全沒舉手，不屬於少數也不是多數，討論這件事本身就是浪費時間了。

以前的她曾想過，少數就得服從多數這種事，算不算是多數暴力呢？

郭怡菲當時搞不懂，她只是想順著自己的心意罷了。

「咦？這樣不好吧！太不合群了啦！」小容嚷嚷起來，她比郭怡菲還緊張。

嗯啊，她就是大家眼中的不合群，意外嗎？只要不順著大家的意見就不合群，她早認了。

便服日當天，當郭怡菲全身淺紫色走進班上時，全班都是傻眼狀態，就她一個人從容不迫的來到自己位子上；班長那票女生立即氣急敗壞的衝過來質問她為什麼要穿紫色？這樣就不統一了！

「統一要做什麼？這個可以獲得班級榮譽嗎？這個有在比賽嗎？我影響到班上什麼了嗎？」郭怡菲一口氣問了四個問題。

結果班長她們沒回答半題，卻直接氣到哭了，而且是嚎啕大哭那種，好像她犯了什麼滔天大罪，撕心裂肺的哭咧。

「這樣等一下升旗典禮就不統一了啊！」班長是用尖吼聲喊著的。

「所以，到底統一是為了什麼？」郭怡菲再問了一次，但還是沒有人回答她！

最後她表明自己十分樂意不去操場升旗！

這麼熱，待在教室多涼爽！

於是班長她們就說她居心不良，為了故意不去升旗才不合群的，郭怡菲連解釋都懶，她向來不喜歡解釋，總之不妨礙到大家都好。

升旗在前，笑面仔進來吆喝大家出去排隊時，女孩們果然衝去老師面前哭訴，郭怡菲瞬間千夫所指；笑面仔看向她，這情況還真不意外，他告訴全班今天本來就是便服日，不能強迫任何人穿什麼衣服，而且郭怡菲也必須去升旗，不能待在教室裡。

如果因為她穿了紫色就可以待在教室裡，這就是變相支持班長她們這項奇怪的活動。

萬幸的是，自那次之後，班上再也沒有搞這種便服日統一色系的活動了。

同時，班上對郭怡菲的「排擠」也自然加劇，笑面仔雖看在眼裡卻也從不插手，像是要讓她體認到什麼是社會現實，逼得她走向「合群」一途。

不過，郭怡菲個性就是這樣，她要做的事很難受到影響，同學故意惡整或排擠，她不是不在乎，就是加倍奉還，很常最後跑到笑面仔面前哭的都是整人的傢伙……也因此到最後，學生們只能採取笑面仔之前說的「孤立」，不會有過激的傷害行為。

這樣的結果讓郭怡菲樂得輕鬆，她有更大的空間做自己。

◎◎◎◎◎

寒假期最後一次讀書報告，笑面仔提出可以個人或是以組別交件，這只是加分，訓練大家閱讀與書寫能力而已；至少一人，最多六人，越多人的話工作當然就越少，他悄悄觀察著郭怡菲，很希望她走進團體組，跟別人合群一下。

因為坐在一起，小容自然拉著郭怡菲跟平常要好的人組隊，她們立刻湊滿六人，分工合作；大家開起小組會議，要決定寫哪本書時，情況又陷入了膠著。

裡頭一個略強勢的人提出意見後，其他人再無意見，立即齊聲說好，接著就要進入分配章節的環節。

「我認為《飄》比較好。」郭怡菲提出了建議，「《飄》比較多討論的空間，這樣出來的讀書報告也會比較豐富。」

為首的男生看著她，不高興的直接扯了嘴角，「為什麼妳總愛跟別人唱反調？這樣會顯得妳比較厲害嗎？」

「嗯……我提出自己的想法，就叫唱反調嗎？」郭怡菲微笑反議，「所以一定要聽從你的提議才可以嗎？這樣是要顯得你比較厲害嗎？」

「我又沒這樣說！」男孩惱羞的吼起來，「大家都說好，就妳有意見，妳就是在跟大家唱反調啊！」

「所以大家都說好，我就一定要說好嗎？到底為什麼每個人都要這樣？」郭怡菲即刻放棄，「沒關係，我退出，你們一起討論吧，我自己一組就好。」

她不想浪費大家時間，立刻起身離開了小組討論桌，回到自己桌上。結果這樣也不行，剛才的男孩氣到又拍桌子又辱罵的跳起來吼。

她當時剛看完《飄》，真的覺得有很多心得可以寫，反正一人也可以一組，她又不影響他人，也沒有逼他人遷就她，這樣也不行？

郭怡菲就這樣靜靜的看著男同學歇斯底里的咆哮，老師說的真對，做人好難。

至此，郭怡菲這個「不合群的爛人」成為班上最討厭的人，笑面仔聽著學生告狀跟抱怨也只能排解，因為郭怡菲並沒有影響班級任何事項，叫男孩那五人一組就好，也是可行啊。

儘管郭怡菲被推到風口浪尖上，她還是堅持自己的想法，她沒有唱反調，如果想法剛好跟班上一樣，她也會順著做；如果是班級競賽，她也配合到底，但是她依舊是班上的討厭鬼第一名。

就在她認為日子不就是如此，但在六年級下學期卻發生了一件牽扯到公眾利益的事，而堅持做自己的怡菲竟捲入了以老師為首帶頭的群體霸凌。

◎◎◎◎◎

郭怡菲在高年級時的社團活動為合唱團，合唱團是全學年中各班選出的，整團有六十餘人，她的位置是人數最多的第二部；從五年級開始練唱、參加大小比賽都是常態，而郭怡菲學校的合唱團非常知名，歷屆以來的大小賽事都以奪冠為目標，也確實蟬聯多次冠軍。

只是這樣的目標，變成一個小學生合唱團承受了不小的壓力。

說起他們合唱團的訓練與開嗓方式，相當與眾不同；首先是四百公尺操場十圈，奔跑上四樓教室後再交互蹲跳一百下，然後才開始練開嗓，這也造就了當年合唱團每個人體能都超好的，訓練不到一學期，跑完十圈可是臉不紅氣不喘。

合唱團平時都是放學後練唱，一週三天，遇到比賽時排練會緊鑼密鼓，每天都得練，但這影響不大，就是放學多練一至兩小時，小學沒有什麼繁重的課業。

合唱團的老師有兩位，一位指揮老師，一位伴奏老師，兩者都是教音樂，合唱團靈魂是指揮老師，她非常具有音樂氣質，是個迷人的長捲髮美女；伴奏老師恰好是郭怡菲班級的音樂課老師，同時也是她的課外鋼琴老師。

六年級下學期末，有場重要的比賽即將登場！那是全縣大賽，所有小學都會參加，競爭非常激烈；不過，這比賽是一年一度的，五年級時他們就參加過了，不知道為什麼，六年級這場卻變得格外重要？

指揮老師說，這是「你們小學生涯的最後一場比賽」。

其實郭怡菲一點都不覺得這有多重要，這是小學社團，合唱團就是她剛好被選進去、自己能唱所以唱，加上她對唱歌其實也沒多大興趣，有沒有參加這些比賽對她而言沒有任何珍貴感。

這就只是個社團，多接觸多體驗不一樣的事。

後來才知道，指揮老師帶完這屆就要離開學校了，原來是「她在這所學校的最後一場比賽……」這樣怡菲突然明白一些事。

為了比賽勤加練習郭怡菲能接受，再多加半小時練唱也沒問題，指揮老師變得嚴厲苛刻都是為了奪冠，這種訓練都一年半了，大家早已習慣；只是，當她要求全體早上要提早到校，郭怡菲突然無法再妥協了。

她並不是一時的反彈，因為在要求提早到校前，指揮老師已經多增加練習時間，還剝奪了他們的午睡時光。

平時的高強度練習本就會疲憊，肩負奪冠的榮譽，合唱團比起一般社團更累；雖然那時不興補習，但是每天四千公尺加交互蹲跳一百下也是夠操的，比賽前還會再加跳五十下，以及繞該教室跑二十圈，體力再好的孩子，經過一整天上課、運動開嗓再練唱，回到家後體力都快耗盡了，還要寫完功課才能睡。

一開始是放學後多增加半小時練習，再來開始挪用大家的午休時間，全體團員都無法午睡，而且是每天喔！不到一星期，郭怡菲就體會到原來午睡這麼重要，雖然是區區半小時，可是造成下午的課程精神不濟、昏昏欲睡，實在是吃不消。

而且午休的練唱前一樣要跑啊，團員們只剩二十分鐘吃飯，吃完立刻就要到操場集合跑步，跑到午休鐘響起即上樓練唱……肚子會不會痛？只能說，小孩子體力就是讚，沒什麼後遺症，但還是有不少人身體不適。

午休練到結束後就衝回班上，繼續下午的課，只能說好累！但指揮老師還是嫌不夠，她認為午休這半小時太短，所以她才想到了終極練唱時間——提早到校。

學生們必須六點半到校，一樣跑四千，但不必交互蹲跳，練唱練到第一節上課結束，全體不需早自習，會跟各班導師溝通；但如果早自習有考試，團員們自己要利用時間補考……補考用的就是午休時間，因為放學後要繼續練唱，一樣不能睡啊！

雖然把午休要回來了，可是要提早到校，郭怡菲打從心底的抗拒，為什麼只是一場合唱團比賽，卻要影響她所有的生活？

再來，這件事對她而言並非重要的事，興趣也不在此，卻要花加倍的時間來練習，這樣真的好嗎。而且身體的累是最直接的，每天好累又好睏，上課也無法集中注意力，為了學校拿獎相當榮耀，但對於她未來唸國中到底有什麼重要性？

跟班上幾個也是合唱團的同學抱怨，他們也只是說：「就沒辦法啊，要比賽。」

不然就是說：「妳又想幹嘛？」

郭怡菲無可奈何，她跑去找導師求助，希望有個兩全其美的辦法。

「沒辦法喔！」笑面仔聳聳肩，「你們指揮老師希望大家配合，而且還拿學校的榮譽來壓，我沒辦法說什麼！」

「提早到校可能會有危險啊！」郭怡菲都幫笑面仔想好理由了，「或是……說我課業退步了，上課都在打呵欠，所以不能這樣練？」

「嗯……怡菲，這是學校的大事，我們學校合唱團都幾屆冠軍了，這不是妳一個人的事耶！」笑面仔皺起眉，搖搖頭，「妳希望我做什麼？讓妳變成特例不必晨練嗎？」

「不行？」她不懂。

「當然不行啊！這可是全、校、的、事！」笑面仔加重了語氣，「沒有一班老師去說話，我去說不是成了白痴？合群啊，怡菲，這就是我說的合群！」

郭怡菲看著導師，她突然明白了，拜託笑面仔是沒有用的，因為他是屬於合群的那種人，他沒辦法保護她。

「我很累……我太累了，我不想為不喜歡而且開始討厭的事情這樣拚命練習了。」郭怡菲喃喃自語。

「這已經不關乎妳喜不喜歡了，這是公眾利益，而妳就是要去！」笑面仔開始板起臉來，「班上有四個合唱團的同學，就只有妳一個有意見！妳不覺得是妳自己的問題嗎？」

女孩抬頭看著老師，大方點了點頭。

「對啊，是我的問題啊，我不想練，他們喜歡他們可以繼續啊，但我不喜歡。」

又來！笑面仔有些緊張，因為他聽出郭怡菲口吻中的厭惡。

「這是全校比賽，而且是妳小學最後一次的比賽耶！」笑面仔趕緊接口，「就幾個月而已，撐一下，別忘了這關係到全校的利益。」

幾個月？郭怡菲倒抽一口氣，她現在一天都不想。

「合唱團裡多十幾個候補，每天都跟我們一起練，而且我在人數最多的第二部，不是獨唱也不是特殊音域；平常候補的人都會輪流比賽，人只有多沒有少，我如果沒唱，隨時都有人可以遞補。」而且候補人員絕大多數都是第二部，所以人員沒有問題。

聞言，笑面仔覺得大事不妙。

「這種大事不能開玩笑！全校的比賽、全校的榮譽，說過不是關乎妳個人了，我記得為了公眾利益，妳是會合群的不是嗎？」

「是，但既然無關我個人榮譽，我又為什麼要努力？」郭怡菲皺起眉，「而且合唱團裡有十幾個候補，我沒在裡面完全不會影響啊！」

「郭怡菲！」笑面仔怒斥出聲，「妳太過分了，妳這種學生——」會害得他難做人啊！等等合唱團的指揮跑來質問他怎麼辦？為什麼就他班上出了這樣不合群又找麻煩的學生！

郭怡菲沒再說話，禮貌的朝笑面仔一鞠躬，說了聲謝謝老師，她轉身就走了。

「郭怡菲！妳堅持下去！唱下去啊！」笑面仔在後頭大聲警告。

她不會去了。

郭怡菲心意已決！以現在的眼光來看，很多人會覺得為什麼她不回去找家長？但在她們小學那個年代，孩子的事一般都是自己解決的，大家真的很少回去找父母求救，老師們也不會動不動就在聯絡簿上講孩子在校的紛爭事端，除非是大事，否則連電話都不會打。

所以大家都能獨立處理事情，會努力的去想辦法解決，直到真的無能為力，才會找家長求救。

郭怡菲當天放學就沒有再去練唱了，隔天早上也沒有去，她睡到正常起床時間，然後在第一節上課前到練唱教室外等待大家解散；所有團員出來一看到她時，沒人問：「妳怎麼沒來？」或是「妳生病嗎？」

團員們是帶著點驚恐與憐憫，指著她說：「妳完蛋了，妳居然沒來練！」

同班的更是一副看好戲的心態，說真的，這種同學愛也沒什麼好留戀的。

其實合唱團裡一直都是這種氛圍，遲到的、沒來的、操場跑太慢的，青蛙跳做得不夠切實的，音沒拉高的、氣不夠長的、拍子不對的，都是罪該萬死的狀態。

能蟬聯第一的合唱團當然有原因，她懂！努力才能獲得代價，這都合情合理。

但她可以選擇不要啊！

團員們都離開後，郭怡菲隻身走進教室，指揮老師正在鋼琴邊收拾，與伴奏老師討論今天大家唱得有多差，從鋼琴裡抬首，看見郭怡菲時，果然立即怒眉一揚，「妳怎麼沒來？睡過頭了？昨天放學也沒來練！」

伴奏老師也站起身，畢竟是自己的音樂班學生，郭怡菲又跟她學鋼琴，她試著緩頰。

「小孩子難免，下午記得來練就好。」

「我沒有睡過頭。」她誠實以告，「我不會再來練了，因為我要退出合唱團。」

如果有攝影機，能當場錄下指揮老師的模樣勢必經典，瞠目結舌外加盛怒。

「妳說什麼！」她拉高分貝尖叫著，嚇了郭怡菲一跳。

那個溫柔婉約的氣質美女，臉都氣到扭曲了。

「……我從今天開始，退出合唱團。」她趕緊鎮靜下來，一字一字的說著，「謝謝老師們這一年以來的指導。」

「怡菲！」連伴奏老師都不可思議，「妳在說什麼啊！」

「誰准妳退出的？」指揮老師拍了鋼琴蓋。

「咦？社團不是自由參加嗎？當初是我自願加入的，那麼退出應該也是由我的意願吧？」郭怡菲當下被指揮老師的話嚇到了，「我退出需要老師允許嗎？」

糟糕！她沒想到這點，如果是這樣，那她就要回家討救兵了。

「對！妳就是要我同意才可以，我絕對不允許妳退出合唱團！」指揮老師暴跳如雷，「還有兩個多月就要比賽了，妳現在退出怎麼辦！妳怎麼可以這麼自私！」

「我們有十餘個候補耶，小欣就第二部的啊！」小欣跟怡菲同一班啊，一起練唱一年半了，有時他們也會穿插比賽，是有經驗的。

「反、反正不許妳退出！」指揮老師最後就是指著她鼻子怒吼，「妳要是敢退出，給我試試看。」

郭怡菲看著指揮老師的猙獰，這份語帶威脅讓她極度不舒服！她該說的已經說了，也禮貌的前來告知，就這樣。

郭怡菲沒再說話，扭頭就離開練唱教室，指揮老師在後面指名道姓的喊叫著，叫她站住！但她一秒都沒停留，疾步離開教室，門口站著同班的團員們，她們臉色慘白的看著她。

那天郭怡菲是一路衝回教室的，見到導師笑面仔第一句話就是問：「是否一定要指揮老師允許，我才能離開合唱團？」

笑面仔聽到這個問題如臨大敵，但是他點了頭，告訴郭怡菲答案是肯定的，就說了這是學校的事，這麼大的比賽，她豈能說離開就離開？

「郭怡菲！妳又在鬧什麼？」同班合唱團員們追了回來，「妳要退出？」

「又來？妳夠了沒啊？妳到底想彰顯什麼？好！妳超厲害的，拜託妳不要鬧了好不好！都快比賽了！」

郭怡菲指向最後面的女孩，「小欣可以遞補，又不是沒人。」

同學們回頭看向小欣，臉色尷尬的接不下話，因為她們又不能說：小欣不能替補，這樣像是在否定小欣。但是又覺得郭怡菲所言無誤啊，第二部人這麼多，少一個人也聽不出來的。

因為她是不合群的爛人，這種時候，大家當然要落井下石。

「老師剛剛超生氣耶，妳合群一下是會死嗎？」

郭怡菲沒有心思跟她們討論這個，另一邊笑面仔問其他同學發生什麼事了？她回身看著導師，突然覺得應該再多問一個老師才對，因為笑面仔是最討厭不合群的人。

所以她跑去找以前教她四年級的老師，問了同樣的問題。

結果答案不一樣。

「離開社團不需要老師允許，這又不是什麼軍事訓練！」老師笑了起來，「妳怎麼問這麼奇怪的問題？」

「不會怎麼樣？」郭怡菲戰戰兢兢的再問。

「不會，親愛的，這是小學！社團只是加分，不參加也不會扣分，當然是隨自由意志的啊！」老師摸了摸她的頭，「怎麼啦？臉色這麼差？」

郭怡菲逕自搖著頭，她沒跟這個親切的女老師說明緣由，誠懇的鞠躬道謝後，風也似的離開了。

笑面仔騙人！

她的導師恐懼於不合群，居然欺騙學生！明明可以自由來去，指揮老師不許她退、導師還騙她不能退，大家都想利用老師的權威來壓迫她嗎？

那怒火中燒的感覺，怡菲說她永遠忘不掉。

◎◎◎◎◎

指揮老師果然跑去找笑面仔，跟他預想的一樣，責備他是怎麼教學生的？把學校的榮譽置於何處？現在連一個學生都管不了，扯全合唱團後腿？笑面仔只能道歉再道歉，婉轉的說學生不想參加，他總不能硬逼她吧？

指揮老師便嘲笑笑面仔是個失敗的老師，連學生都不聽他的話。

於是，笑面仔叫了郭怡菲出來，跟她說了這個狀況，而郭怡菲聽了便回說：「對不起，讓老師為難了。」

笑面仔睨著她，滿腹不爽，「妳知道會讓我為難，那為什麼還要這樣？」

「因為我不想為難我自己。」郭怡菲認真的回覆，「其實指揮老師本來就有錯，她不能怪你，是你不敢跟她說。」

笑面仔欲言又止，內心髒話連連，但這女孩說著字字扎心，但說的又沒錯！對！他就是俗辣，那個指揮老師根本沒權力這樣損他，他又不能強迫郭怡菲去練習，諷刺他幹嘛？

但他不敢！

「我真羨慕妳。」笑面仔突然嘆了口氣，「但我只能做個合群的大人。」

郭怡菲看著笑面仔的苦楚，更加在心底深深發誓：她以後絕對不要受這種委屈，她要維持這樣的初衷直到變成大人，不想成為違背心意，被迫合群的大人。

她至此再也沒去練唱，這件事全班當然都知道。

◎◎◎◎◎

郭怡菲沒再去練唱後，人生開始變彩色的！不需早起，不必再跑四千跟蛙跳一百，午休睡飽飽，上課精神奕奕，放學早早回家，這麼好的日子，她之前是幹嘛去了？

不過呢，事情遠遠還沒有結束，整個合唱團組成聯合陣線，開始對郭怡菲進行霸凌般的「勸說」。

不同班就算了，最多是走廊或合作社遇到酸個兩句，但同班的呢……從田徑賽的練跑事件開始、便服日、讀書報告等等許多不合群的事情，全部多疊到一起發酵，全班開始夥同合唱團的同學們對她進行每日言語群體霸凌，非常無聊的那種。

非合唱團的同學會說她讓全班丟臉，居然比賽在即臨陣脫逃，總之要霸凌人都有理由。

她偶爾會靜靜看著他們你一言我一語的嘲弄自己，看到大家覺得尷尬，好像是她在看戲似的；偶爾嫌吵的話，她就會跑圖書館去看書，心情好的時候，她也會選擇跟大家抬槓。

「導師也說妳很爛耶。」

「對啊。」郭怡菲小時候就很擅長：我就爛。

「指揮老師說妳這種人不懂得什麼叫合群！」

「我只是不合你們的群，我在等待合其他人的群喔！」

「妳讓我們班超丟臉的啦！居然逃出比賽。」

「所以謝謝小欣幫我扛。」

「只要是團體，有妳在都很衰！」

「真的！我也這麼覺得，所以我離開是對的啊！」郭怡菲誠懇的看著他們，「那你們幹嘛要一個爛人回去啦？」

同學們的諷刺或激將對她都起不了效果，曠日費時都講一樣的話也很無趣，當大家不存在就好；事實上，小欣在她退出隔天就遞補進去了，照樣一起練唱，郭怡菲就不懂——**一直揪著她不放是為什麼？**

沒有一個人、一件事受到影響，小欣成為正式團員還開心的手舞足蹈，合唱團繼續緊鑼密鼓的練習，並沒有因為她停止啊！

但是從老師到學生，每個人都持續的對她不客氣，甚至在音樂課時，連老師都堂堂的找她麻煩，問她什麼時候要回合唱團。

誰來告訴她，不放過她是為什麼啊？

「因為**妳挑戰了老師的權威，他們不容許這種事發生！**」笑面仔誠實的告訴她，「同學的孤立妳能撐，但老師呢？妳想過了沒？」

當時她不懂笑面仔的話，長大後她才明白，原來這就是有權者的霸凌，跟同儕間的欺負是截然不同的。

◎◎◎◎◎

合唱團的伴奏除了是音樂老師外，郭怡菲也跟著這位老師學鋼琴，音樂課被直接諷刺找碴其實不好受了，但真正折磨的是在一對一的鋼琴課裡！

鋼琴老師會為一點小事罵她，拿筆敲她的手指骨，不停的重彈重彈，一首只有一面的小圓舞曲，談了三、四節課硬是不讓過！而且郭怡菲為了不被找碴，私下花了更多時間練習，已經到達閉著眼睛都不會錯的地步，但老師還是不滿意。

鋼琴老師從未聽她認真彈完一曲，總是到八個小節就打斷。

「不行，彈起來沒感情！」鋼琴老師再度打斷，「妳這種不懂得合群的人，彈曲子一點情感都沒有，重來！」

這種事都要扯合唱團事件？

「彈這麼爛是給誰聽？妳不是很厲害嗎？怎麼這一小節都能錯？」

面對有權威的老師，郭怡菲的確是會害怕的，她不知道該怎麼回？尤其在狹窄的空間，與鋼琴老師不到一個人的距離。

但人還是有忍耐限度的，她也從來不是委曲求全的人，一路忍到第四堂課，她終於開了口。

「我彈得這麼爛是妳的問題吧？這一首彈這麼久都沒把我教會。」她力持鎮靜，但口吻絕對是恭恭敬敬，「妳覺得問題出在哪裡？是我練習不夠？還是因為我退出合唱團？」

學鋼琴時，與鋼琴老師之間的距離不到一個人，郭怡菲鼓起勇氣，向左迎視著鋼琴老師怒不可遏的雙目，她就賭老師不敢把鋼琴蓋蓋下來，壓斷她的手指。

「妳很會說話嘛！」

「沒有啊，還輸老師一大截。」郭怡菲轉頭正面對著琴譜，「這首短曲子我學了一星期，要不要告訴我媽呢？感覺這樣有點浪費我們的學費，還是老師打算認真教學了？」

「我一直都很認真的教學！妳彈不好是妳的問題！是妳回家沒練習！」老師果然一秒暴怒！

郭怡菲雙手依舊擱在琴鍵上，僵硬的身子在掩蓋內心的緊張，但她不想退卻。

「假設我沒有練習好了，我在妳這裡都練同一曲一頁不到的琴譜四小時，這樣都沒練成？若真的不行，請老師要告訴我哪邊有問題，不是一直說不行、不行，一直扯到是合唱團的問題！」

碗——鋼琴老師氣到手砸鋼琴鍵，立刻轉身離開了琴房，郭怡菲一個人坐在琴椅上，她剛被嚇到了！那重擊琴鍵的聲音嚇得她差點沒尖叫，但她始終僵在原地。

她其實滿腹委屈非常想哭，她就不懂，到底哪裡錯了？

一定要合群才能叫「對」嗎？

在完全不影響比賽的前提下，到底為什麼從指揮老師到同學都要刻意把她塑造成罪無可赦的犯人？

甚至連收學費的鋼琴老師，還可以因為這樣浪費她的時間與金錢在教學？

不合群到底是多罪該萬死？人非得盲從附和，違背自己的心意才是正確的？她不懂，而且她永遠不想懂。

鋼琴老師在十分鐘後回來，像沒事一樣繼續教學，那天下課前終於彈完那首曲子，也順利過了，終於能進入下一首新曲，而且鋼琴老師還在進度本中額外加了兩堂免費的課。郭怡菲知道，這是鋼琴老師的另一輪折磨，不想放過她而已。

一直到畢業前，郭怡菲都沒有得到老師們的一句道歉，不管是鋼琴老師、或是欺騙她的導師，這些口中教育學生有錯要道歉的老師們，卻總是高高在上。

不知道是不是巧合，那次鋼琴課後，竟然沒有人再找郭怡菲麻煩了！直到比賽前一個月開始，合唱團的同學們臉色變得越來越差，身上的疲態顯而易見，月考成績一塌糊塗。

要有豐碩的成果必先努力耕耘，最後合唱團再度奪得冠軍，朝會時公開表揚，指揮老師在上面說得聲淚俱下，並與師生道別，然後全體合唱團員在台上再唱一次冠軍曲，且一一獲頒獎狀。

郭怡菲在班級隊伍裡是站在最後一排最左邊的位子，笑面仔走到她旁邊，與她一起熱烈鼓掌。

「有沒有覺得與有榮焉？」

「有啊，這是團體榮譽！我們學校又蟬聯第一名！」郭怡菲認真拍手，由衷的說著。

「不會覺得可惜？」

郭怡菲看著笑面仔，燦爛的笑著，「絕對不會。」

◎◎◎◎◎

在經歷小學六年級後，郭怡菲幾乎理解合群與否的真諦，不合群的人究竟畏懼什麼、以及老師們為了自己的面子與心情，可以對學生霸凌，或是為了相安無事，不惜欺騙學生。

最重要的是，他們都不喜歡「不聽話」的學生，因為難以控制，就是找他們麻煩。

群體霸凌、權威霸凌她都遭遇過了，真覺得沒有什麼好怕的了。

隨著年紀漸長，她看得出人們強制合群的模式依舊不變、畏懼合群而附和著也是常態。

「不合群的怪咖」這個標籤始終在她身上，不過她根本不畏懼。

時間來到高三下學期，正是緊鑼密鼓準備聯考之際，黑板上的數字連三位數都不到了，雖然郭怡菲不是頂用功的那種，但也是為了聯考在努力中，不知道是不是太過沉悶壓力過大，他們班迎來了一個某部分人認為非常重要的「愚人節」。

嗯，這個節日為什麼很重要，郭怡菲也是百思不解；當時班上有一群較活躍的族群，興高采烈的擬定一大堆「整老師計劃」，考試時都沒看他們這麼認真過。

班級裡總是有比較強勢與活潑的小團體，這是常態，其他人不是附庸在其下，就是平時中立，但凡有事情需要做主，就全聽他們的話，只要不要讓自己負責就好，人之常情。

就算這群人想了一堆光怪陸離的想法，其他人也秉持著「不要煩到我就好」的心態，也都隨便他們，只管附和就行，反正有事大家扛。

愚人節計劃就這樣誕生了！

演戲整人這些無所謂，但關於「整」導師計劃的環節，郭怡菲就非常有意見了，因為同學的整人計劃居然是：送花。

不要懷疑，真的是送一大束昂貴鮮花，請花店人員在指定時間送來，給班導驚喜！郭怡菲知道送花是驚喜，但這跟「愚人節整人」有何關聯？

總之，買花外還要買拉炮，弄得活像班導要被求婚似的，如果這是在教師節舉辦的，不要太浪費錢郭怡菲也不會有意見，但是放在愚人節？郭怡菲覺得不禁無聊還完全沒有意義，最重要的是浪費錢——因為居然要求全班每人再繳交五十元班費。

班費在學期初就繳過了，現在突然要繳五十元，全班加起來兩千多元，就為了這個愚人節買花？郭怡菲滿頭問號，直接拒絕。

錢多寡不是重點，重點是毫無意義，這些錢不是她自己賺的，都是父母努力工作的血汗錢，郭怡菲希望這些錢是花在必要的刀口上，而不是拿來浪費……對，在她心裡這件事就是浪費。

這無關於公共利益，也沒有全班共同的必要性吧？

「大家說好不好！」主事者團體在講台上說得口沫橫飛，想要大家表態。

班上不只郭怡菲覺得莫名其妙，不少人從一開始就討厭他們的整人計劃，都什麼時候了還在鬧這些無聊事？但是他們登高一呼，就算有人覺得哪邊怪怪的，也是乾笑的敷衍說好。

反正又不花自己力氣是吧！隨便啦！五十塊繳一繳沒事的。

「那鼓掌通過喔！」連表決都省了，那一小群人在台上興奮得很。掌聲有點稀落，但他們不在乎，他們只專注於自己想要做的事，以及有公費可以支撐。

「意義在哪裡啊？」坐在隔壁的Star問郭怡菲。

「問得好，我還真找不到……」郭怡菲假裝認真的思考，「大概是可以給花店一筆生意吧？」

「厚！」Star皺起眉又無可奈何，「愚人節他們要整人就算了，花錢送花是怎樣？這是驚喜吧？」

「反正我不會繳就對了。」這個連猶豫都不必。

「嗄？妳不繳喔？」Star湊了近，其實郭怡菲不配合班上無謂的活動也不是第一次了，「可是這是班上的活動耶，妳不繳行嗎？」

「我不想浪費我爸媽的錢，而且連妳都知道無意義了，為什麼要花這個錢？」郭怡菲聳聳肩，心意已決。

這場班費收得又急又猛，竟然希望當天下午大家就交齊，沒帶錢的人明早第二節下課前就要繳，這種急迫性彷彿是什麼重大考試繳報名費似的，郭怡菲看了只有莞爾；私底下抱怨跟不解的人也不少，但是大家既然選擇合群，而那五十塊就算是一種合群費吧，沒什麼好抱怨的。

第二天主事者在計算時，發現少了五十元，名單上只有一個人的名字上面沒打勾，正是郭怡菲。

「怡菲，妳還沒交錢耶！」中間隔了五排，對方遙遙吶喊。

「因為我沒有要交。」郭怡菲抬頭看向她們。

吵鬧的下課教室瞬間安靜，同學都愣住看向郭怡菲，主事者那一群人直接站起，真的是浩浩蕩蕩的帶了五、六人前來，包圍住郭怡菲的座位，氣勢還蠻驚人的……可惜沒有用。

「妳為什麼不交？」主事者很不解，「妳不要又來那套沒必要，妳不想吧？」

大家都很瞭解郭怡菲！

「沒必要，我不想。」都知道了為什麼還要問？

「這是全班的活動耶！就是要一起做啊！妳合群是會死嗎？」另一個人不爽的問。

「這是私人活動吧？又不是班級競賽，妳們要搞這種無意義的玩樂妳們去玩，我又沒阻止妳們，但我不想參加。」郭怡菲再次表明，「不要強迫別人參加非必要性的活動好嗎？」

「喂，這是大家講好的啊，而且要送班導的耶！」

「我沒有想送她花啊，我也完～全沒有這份心意。」郭怡菲突然意識到癥結點，「啊！但我不會佔你們便宜，你們的卡片上照樣寫祝賀詞，在全班敬賀下可以寫『P.S，除了郭怡菲以外。』」

她沒有要參與，自然不能佔別人好處！那束花、這份驚喜與心意中都沒有她，總不能不付錢還掛名對吧？

「這能看嗎！妳就要班導開開心心的，然後看到那行字難過嗎？」情緒勒索，大家從小就上手。

「但要逼我配合，換我會難過。」她認真的正色，「那誰要顧及我的情緒？」

主事者直接飆出髒話，用力推動郭怡菲的桌子，想利用桌緣重擊郭怡菲的胸口，但是歷經百戰的她早就有準備，因為大家來來去去都是這幾招；她的腳一開始就抵住桌下的橫桿，所以對方這一踹反而抵銷了力，她還因為自己的反作力朝後踉蹌一小步。

女生就只會搞這幾招而已，排擠啦、霸凌啦、打巴掌、潑水、推桌子推椅子、砸東西，但郭怡菲確信她們最多只敢做到推桌子而已，因為再多的話，她的反擊也會加倍的。

其他人扶穩踉蹌的主事者，大家橫眉豎目的離開，邊走邊瞪著她，還不忘撂一句：「妳這種人，到哪裡都令人討厭！一輩子都不會有好日子啦！」

是是是，一樣沒有邏輯跟關聯的話，當時的大家罵人時都很愛這樣牽扯，後面必定伴隨下賤或是婊子等等的字彙，因為毫無道理，所以當然也就沒生氣的必要。

郭怡菲微笑著看她們離開，還不忘客氣的說聲：「辛苦了。」

其中一個立即氣得要回身，她這句辛苦了並非諷刺，她不參與，並不代表否定她們的安排與努力，她們那群人的確很忙，為了一個愚人節煞費苦心。

今天如果她是配合的人之一，當她說這三個字時她們會甜笑著說不會啦，就因為她不繳錢，不聽從她們的決定，就成了冷嘲熱諷……這純粹是以小人之心度君子之腹。

人是很奇妙的，一樣的話只有「自己人」能說，同樣一句話說的人不同，意義就不同了。

愚人節當天同學們瘋演了一整天的狗血劇，其中有八點檔劇情，什麼兩個女生搶男人的狗血劇碼，這種看了尷尬癌末期，老師們又不是傻子，更別說愚人節當天，哪個老師沒有防備？加上誇張的台詞跟演法，老師們多半都是配合著，總之大家高興就好。

郭怡菲不必演戲，沒她的事，她自然也不會戳破。

整人計劃一直失敗，但主事者們還是莫名興奮，最後在班導環節時，花東準時送到，果然是一大束要價不菲的鮮花、拉炮，還有卡片。

班導又驚又喜，看上去應該很感動，不過很有趣的是當她接到花時，她第一句問的也是：「為什麼？」

然後小團體開心的齊聲大喊：「愚人節快樂！」歡呼聲此起彼落，大家彷彿在慶祝著「整人成功」。

班導還是一臉莫名，「是要整我嗎？所以這束花要收回的嗎？」

班導的一連串問句都問到重點上，送花算什麼整人企劃？她看著班導讀了卡片，眼神並沒有瞄向自己，可能主事者們並沒有把她例外的字樣加上去。

但她絕不佔他人便宜，如果不表態，事後必定會淪為話柄，那群人還能賣她人情，說什麼不合群不繳錢，大家還是好心的把她算在一起。

我們永遠無法管著別人的嘴，就在可行的範圍內，做好自己該做的事就好。

於是，郭怡菲隔天親自去班導辦公室，跟班導說昨天的驚喜中，無論花、禮物或禮炮等等所有的事情，她都沒有參與。

班導聽了，明顯感到疑惑。

「我沒多繳五十元。」郭怡菲直接講重點，「我猜她們在卡片上應該沒有註明我不含在這個驚喜計劃裡，我只是想讓您明白，全部的事都與我不相關。」

郭怡菲讀不出班導複雜的神情代表什麼，總之她說完後便離開了辦公室；老師偏心、或是依照喜好對待學生是常態，但都高三了，班導應該不至於因為她沒有參與愚人節送花，就不讓她畢業吧？

沒想到這件事之後，班導開始嚴禁大家私下另收班費，還牽扯有同學的家長聽到多收班費震怒，要班導說明白……

◎◎◎◎◎

長大後，郭怡菲有眾多社交圈，而且都很和睦，再也沒聽過什麼「妳很爛」、「妳為什麼不合群」等話，因為郭怡菲漸漸發現，所謂「不合群」，差異是在「那些合群的人中沒有她」。

合群，是需要有共同話題、相似的價值觀、近似的想法與見識，在談話或是生活上極易產生共鳴，那樣便自然會合群。

用更簡單的方式說，當個性思想觀念都不合，那怎麼合群？這種前提下的「合群」，來自於不想思考、不想負責的配合，或是盲從、或是畏懼孤獨及被孤立。

我們需要的是適合的群體，那是可以暢所欲言，有共同語言，而懂得尊重彼此意向的團體，在這種團體中，就很難會有「不合群」的情事發生。

如果真的害怕孤獨、怕被孤立與排擠，或是並不想做事或承擔責任，選擇隨波逐流也不會感到不舒服，覺得合群沒什麼，這在團體裡也是必要的，畢竟世界上這麼多人，個性各有不同，沒有什麼是對錯，自己舒服最重要。

做不到附和配合的人，也要有能承受後果的能力，被群體排擠、甚至被老師霸凌欺侮，這些「被討厭的勇氣」，更是必須具備的。

在不影響大眾利益的前提下，做自己從來不是錯，郭怡菲非常喜歡這樣的自己，活出自己的個性，忠於自己的想法。

◎◎◎◎◎

連我自己都很好奇，郭怡菲這樣的個性難道不會吃虧嗎？到了職場上該怎麼辦？職場霸凌才是最可怕的，不只是上位者對待下位者，還有同事間的問題，工作中要不合群日子絕對難受。

不如來說說她某一次參加業務獎勵旅遊，那是業績達標者才有的「獎勵」，與會者有近千人，為期兩天一夜，在某高級飯店舉辦。

這種獎勵內容並非全程吃喝玩樂，而是花費大量時間在開會跟上課，對她而言窮極無聊，因為郭怡菲是衝著高級飯店跟渡假去的；所有激勵課或業務會議、新品預告，都是幾個PPT檔案可以解決的事，不需要花費兩個白天的時間。

所以第一天會議課程與晚宴結束後，她就不打算繼續了，早早就跟我約好要一起渡假；還幫我安排提前入住同一間飯店，準備課程結束後就能直接一起玩。

由於怡菲僅僅只是承包的業務，並非該公司的員工，沒有任何僱傭關係，但在第二天早上她本想睡到自然醒，但八點五十要拍個團體照，所以郭怡菲還是起床隨意弄弄，先到飯店的中庭集合，拍張照片也不過是三分鐘的事，拍完收工，便約我一起共進早餐。

其他人拍完就趕著九點的會議，紛紛衝向二樓會議廳，郭怡菲則轉身找到早在一旁等待的我，打算先吃早餐，吃完再回去補眠，下午再到飯店附屬的樂園玩。

到了早餐區有點意外，可能住客人數多到這間飯店的服務人員來不及收拾桌面，沒有一張桌子是收拾妥當的，疊滿著杯盤，於是，怡菲攔下一個服務人員詢問有哪一張桌子是可用的，他一臉不耐煩的指著角落一個位子，說他等等立刻收拾。

我們就先去拿早餐，想著拿完再回到位子上，差不多他們也收好了。結果一走到餐食區，就在那兒見到了幾個耳戴無線電，穿著該公司制服的人們，郭怡菲自然認識她們。

「昨天會議上見過，行銷部的。」她遞了盤子給我。

幾個女人正低語報告著早餐區已清場時，抬頭見到了郭怡菲。

五個人都愣住了。

「郭怡菲？妳怎麼還在這裡？會議要開始了！」

「喔。」郭怡菲淡淡的回應著，「那妳們還在這裡做什麼？快去開會啊！」

郭怡菲眼神沒放在她們身上，她正在挑著早餐菜色。

「這是我們要說的吧，妳怎麼還在這裡？快去開會啊！」一名短髮女說著，口吻絕對稱不上客氣，近乎命令。

我不打擾她們，到怡菲背後那區生菜沙拉區裝早餐去。

郭怡菲斜眼睨了對方一眼，她不知道這趾高氣昂的態度哪兒來的？她又不是誰的下屬。

都叫她們去開會了還糾纏不放，於是直接無視她們，走到我身邊來。「我記得他們早餐可以另外點，要不要叫一盤歐姆蛋分著吃？」

「好啊！」我欣然同意。

那短髮女聽到我們悠閒講著早餐，像是炸開了，她的眼睛瞬間瞪得超大，一臉怒不可遏，站在她旁邊的瘦高女生則緊張拿著無線電麥克風回報：「這邊還有人在吃早餐，還沒清場！」

聽見她如此回報，郭怡菲趕緊轉頭，「不必忙，妳們不必等我啊！妳們去做妳們的事。」

她從不損及任何人的權益，也沒要她們等，況且這根本就不是重要的事。

「喂，妳非得現在吃早餐嗎？」短髮女氣勢凌人的走到我們身邊。

「是。」郭怡菲肯定的回應著，「礙到妳了嗎？」

「不是啊，都要開會了，妳還在這裡吃早餐是怎樣？」她感覺要進入責罵階段了，這語氣聽了連我都覺得不舒服。

這位女士搞不清楚自己的身分與地位，她又不是怡菲的誰，而且在怡菲沒犯錯的情況下，是要凶什麼？

「請問一下，會議會因為我沒到而開不成嗎？一千人會因為我的缺席而中斷嗎？我沒這麼偉大吧？我不在甚至都不會有人發現的。」郭怡菲逕自夾著水果，語調盡可能平靜，「妳們著急就快進去，妳們沒義務等我，但我也沒義務要配合妳們。」

短髮女已氣到吹鬍子瞪眼了，但她卻無法反駁郭怡菲，中途看了我幾眼略顯尷尬，畢竟不認識，她也不好發作，其他幾個行銷部的人員緊皺著眉，用一種不可思議的眼神不停打量著她。

「管真寬。」我忍不住笑了，「該不會妳不進去，她們也不走吧？」

「那我也只有尊重她們啊，反正我沒有要進去，但我也無權管她們。」她指了我跟前的青菜，「順便夾我的份。」

行銷部的女人們氣得半死，無線電來來回回，我們當然完全不理睬，夾好餐點走回桌子時，很遺憾依舊沒有清理，郭怡菲去拿衛生紙擦桌子，把空的盤子搬到別桌去，還得自己鋪設餐巾紙，悠哉的倒了杯咖啡後，終於能享用早餐了！

我們坐的位子朝一點鐘方向斜望出去，就可以看見那群行銷部的人，每個人都氣到臉紅脖子粗，依然死守門口，我只希望她們有帶降血壓藥。

「等等又要來說妳這樣很不合群耶！」我模仿她們的語氣。

「大家喜歡逼迫別人合群，只是不想別人跟自己不一樣而已。」郭怡菲拿起小饅頭咬著，「是覺得自己合群虧了？或是覺得不好控制吧？

不然幹嘛老要大家都一樣？」

我托著腮，搬出一般人一定會反駁的理由，「啊這是團體啊。」

「我向來是個人。」她冷笑聳肩，「就算是團體，現在的狀況我完全沒有合群的必要性。」

「她們不會懂的啦，就喜歡莫名其妙為無關緊要的事掙扎，咬死不放……喂喂！來了來了！」

我瞄到行銷部派了一個噙著笑容的女人進來，難為她擠著非常勉強的笑容，手裡拿著幾個便當盒。

「沒吃早餐真的不好，會沒有體力，血糖又低，不過……我們把喜歡的都裝進去，帶進會議室吃好嗎？」

說真的，這個人的處理手段、說話方式高明許多了。但這跟郭怡菲的決定毫不相關，都不知道她們是哪句中文聽不懂。

「我記得會議室不是不能吃東西嗎？」郭怡菲皺眉反問，這是昨天一開始就交代的。

「沒關係，我們就低調吃，小心點就好。」

郭怡菲聽了，忍不住笑了出來。

不想合群這件事，並不違反任何規定，結果總是有一群人試圖逼著她就範；而吃東西保證違規，飯店會議室都有明文規範，結果這群人卻說沒關係。

這世上究竟是誰說了算？

郭怡菲凝視著那個行銷部的婉轉女人，什麼都沒說，沉默蔓延，那女人終於明白了……她是不會進去的。

「妳們在執著什麼？她不去並不會影響到妳們或是整體會議的進行，這樣下去是在找她麻煩了吧？」身為朋友，我自然開口，「郭怡菲不是貴公司的員工喔！妳們在用什麼身分要求她呢？」

「她……既然參加了這個活動，就該遵守所有規矩！大家都——」

「大家都去參加會議，我知道！但大家都做的事，不代表我一定要跟大家一樣吧？」郭怡菲迎視對方，「我們也沒有簽署任何規範，而且我參加的是我達到的獎勵……而不是折磨。」

本來婉轉的女人不悅的直起身子，扔下便當空盒，喘著大氣，扭頭走出了餐廳。

「妳這種人真不討喜，嘖。」我調侃著郭怡菲。

「怪了，我從來也沒想當個討喜的人……幹嘛要委屈自己討別人歡心啊？」郭怡菲突然俏皮一笑，「但我現在很想討妳歡心，要喝什麼啊？我去裝。」

「這麼好！黃鼠狼？」

「晚上要睡妳房間，我自然得巴結點嘛！」

看著怡菲走出去的背影，我也看見了那群人居然還站在外面，一臉陰毒的瞪著她！人很有趣，喜歡執著於沒有結果的事物；她們若真要等郭怡菲吃完早餐，妄想壓著她去開會的話，只怕真的得吃血壓藥了。

「她們還在耶！」怡菲替我裝牛奶回來時，我用下巴提醒。

「又不是我叫她們等的？」怡菲悠哉坐下。

「人們都討厭不合群的人，留心些。」

「他們是討厭跟自己不一樣的人、討厭不能被控制的人，與己不合就是敵人，所以會對不合群的人厭惡，以群體為名進行的情緒勒索。」怡菲莞爾一笑，「每個人是獨立的好嗎？」

「是啊，終究是排除異己，進行群體霸凌。」我深表同意。

能夠成為朋友的才會尊重彼此想法，大家也沒在搞必須合群這套；人是會獨立思考的個體，在不妨礙他人前提下走自己的路，這樣才自在！

「不過，很多人不這樣活不下去，恐懼會被排擠，慣於被情緒勒索，他們需要安全感；就像我好幾個同事根本也不想開會，昨天抱怨了一堆，但今天還不是摸摸鼻子就走進去了？做不到不理會，被群體氛圍逼迫壓制……唉，他們自己自在就好！」

每個人都不一樣，大家有自己的生活方式，無關對錯，自然也不能因為自己選擇合群，就要指責他人的不合群；或是自個兒特立獨行，也要求別人一道吧？

至此，我與怡菲對視一眼，異口同聲：「但我們不自在啊！」

「哈哈哈哈！」兩個女人大笑起來，但這樣的快樂看在那群死守門口的行銷部人員眼中，如芒刺在背般的難受吧！那一雙雙怨毒的眼神，她們真的沒有思考過自己正在進行群體霸凌。

我跟怡菲悠閒的吃完早餐，準備回去補眠，約好中午見，走出餐廳時，連我都能感受到殺氣騰騰呢！

但我們都禮貌的朝她們頷首，逕自朝電梯去，她們一行五人亦步亦趨；如果這世上沒有法律的話，這群人可能會痛扁怡菲，接著上腳鐐手鎊，押解她進會議室……思及此，我腦中畫面滿滿，忍不住笑了起來！

「幹嘛？妳又在想啥？」怡菲沒好氣的瞥我一眼，「在想電梯裡有鬼？」

「欸，那個我寫過了！」我低語，「後面幾個人比鬼還恐怖咧！」

就這麼盯著我們，眼神狠戾，為了一件無關緊要、她們又無權干涉的事！

電梯現在上下鈕都亮著，會議室在二樓，房間在高層，她們一定沒想到怡菲等等是往上走。

幸運的是往上的電梯先到，當我們步入往上的電梯時，她們眼睛瞪超大！

「妳要去哪裡？」

極為無禮的咆哮，引起整層樓的人側目了，以為發生了什麼事，而且她們的手，居然抵著門不讓關。

「我沒有對妳們報備的義務。」怡菲上前，「請放手，妳們影響到別人了。」

電梯裡還有其他房客啊！

女人們咬牙切齒的鬆手，在震驚與憤怒之中看著電梯門關上。

「不知道的以為你們有滅門之仇咧！」

「習慣了！結果都只是因為我不想合群而已。」所謂滔天的殺意，鼻屎大的原因，大概就是這個情況。

事實上，在吃早餐的同時，怡菲就已經告訴她的小組長，她不會參加活動，小組長深知她個性，而且怡菲也非員工無法備受約束，就回聲知道了。沒想到行銷部窮追不捨，不斷對怡菲進行奪命連環call，還跑到她的房間敲門加叫喚，可怡菲手機關機、耳塞一戴，就去夢周公了！

下午時分，我在大廳看見那間公司還有活動，而怡菲已將行李搬到我房間，在千人注視下，一身輕便的跟著我一起離開。

沒想到這件事在該公司引起軒然大波，行銷娘子軍繼續追殺，宣傳怡菲事跡還哭得委屈巴巴；但公司的男性同事們根本不理，覺得這就是芝麻小事，而且郭怡菲就不是員工啊，是要管什麼？

讓她深深知道，也很無奈——**合群，是為了好控制人們、切斷其獨立思考的做法；但同時也是一種保護傘，可以讓人覺得安心的方式。**

◎◎◎◎◎

郭怡菲後來再遇到那個怕事的小六班導笑面仔，他仍舊是那樣的態度，加入了不喜歡的教師團體、參加了不感興趣的活動，雖然感到壓抑且痛苦，但是他更害怕不參加的下場。

「那天老師喝超多酒的，過得並不痛快啊！」郭怡菲其實覺得有點惋惜，「都要退休了，眉間卻一片愁雲慘霧。」

「他不是說了嗎？如果不合群，更慘！」我跟她走出捷運，今晚跟陳堯秀要來喝一杯，「所以他覺得自在才最重要。」

「也是！反正他用身教告訴我，讓我絕對不要成為那樣的人！」原來郭怡菲是覺得這樣才惋惜。

「人生的路就該自己走，沒辦法。」我只能莞爾，「但，他這種怕事又想逼妳合群、不想負責又騙人的做法，我是敬謝不敏啦！」

「切，還敢說？我這個導師比妳高中導師好N倍吧！」郭怡菲調侃起我來了，「妳那個導師才真的絕咧！」

是啊，我忍不住笑了起來，負面教材也是教材，我們都深受其益呢。

第四課

老師的人性教育

我高中時是唸女生班，正是所謂勾心鬥角，喜歡為一件小事爭執的女生班。女人一多的地方都很麻煩的，厲害的是，從小到大各有不同的麻煩，情緒化、心機重，一點小事都能鬧大，網路上有教導男人怎麼對付女友及老婆的名言，叫做：永遠不要想搞懂女人。身為過來人的自己，可以很肯定的說：沒、有、錯！

女生容易依著情緒走，做出不合理的反應，最糟糕的是還不能指出她們不合理，因為她們可能會惱羞成怒外加歇斯底里，很難善了；總之，高中三年事件多到不可勝數，同學間無聊的吵架一堆，可是，卻在這短短的三年中學到太多，其中最珍貴的一課，都是我們絕無僅有的導師——花導教我的。

◎◎◎◎◎

我們高中導師是負責教數學的，形象跟許多人刻板印象類似，有點宅、不太擅言詞，因為是新手上路，所以很努力的想把導師這份工作做到好，又希望能跟班上同學打成一片，只是笨拙的她很難施展，既無法威嚴、也無法當朋友，其中的平衡點抓不住，又沒什麼原則，最後成了被忽視的花導。

因為她的名字裡有花，於是才叫花導！

班上細分成很多派，但如果要抓大範圍，只有三派，一派是我這種獨立派，哪邊都不沾，誰都別惹我；另一派是讀書派，基本上除了唸書外什麼都不管，也不交朋友；最後一派最大，老實說佔了班上三分之二的人數，沒有單獨的為首者，為首者有五、六人以上，大家都很和睦。

我簡稱他們叫小芬派吧，小芬她們不算什麼問題學生，只是愛玩，高中生嘛，正值青春期又愛漂亮，加上點叛逆，不鳥花導也是正常的，但都不會鬧事，也不會當場反駁之類的，頂多就是課間傳傳紙條，下課喜歡談美妝。

花導也是盡責的在扮演自己的角色，不管師生都是新手，高一而已，日子還算平淡，直到那年十一月的校慶……

◎◎◎◎◎

校慶是學校的大日子，貴客如雲，同時校門大開，溜出去的學生可多了，當她們發現跑出去一步沒人管、一公尺也沒人管時，她們就會選擇跑得更遠了。

那年我們校慶是做飲料攤的，有明確的排班表，有好些人把自己的班表排在上午、有的人則是努力做前置作業，如此當天可以不必排班，因為很多人都打算溜出去玩。

「老師！」雅麗在班上準備出攤時，舉手大聲的問了花導，「我們顧完攤會去亂逛，幾點收攤？幾點點名？」

花導愣了一下，看著手錶計算，「四點半放學嘛，那三點應該就要收攤回來整理了，我們三點半點名！」

花導聲音太小，有同學嚷著要她用麥克風再說一次，風紀同時喊全班安靜。

「如果提早賣完，就提早收攤沒關係，你們都有點數券要記得拿去花，記住三點半回到教室來點名，然後我們要打掃喔！」花導交代著，「還要計算營收。」

「好！」全班異口同聲，熱烈得很！

接著就是一陣熱鬧，排第一班的人趕緊搬著東西前往攤位，我是後勤支援，不必到現場，打算先去別攤晃晃。

「喂，小菁。」敏敏突然叫了我，「妳下午要不要去看電影？」

我愣了一下，因為我不記得有哪個班或哪個社團播放電影。「幾點？哪班？」

「不是啦！」她壓低了聲音，湊到我身邊，「小芬她們要去看電影，十一點校門外集合。」

我嚇了一跳，「出校？」

「今天自由進出，誰會知道我們出去？而且電影院離我們才十分鐘車程，要看一點的，三點前回到學校，綽綽有餘。」敏敏雙眼燦爛，「要不要去？」

「不了，我跟別班同學約好要捧場的，她們班等等有表演。」這是實話，另外是我不想冒這個險。

的確依照時間計算，回來綽綽有餘，但我不認為穿著制服、上學時間在外面亂晃，地點還是距我們學校不到十站的地方，消息隨便都會傳開吧？被發現的後果一點兒不划算！不然我也超想去看那部電影的！

是的，高中的我就很會算CP值了，風險太高，不行……其實是我俗辣。

「好吧！那妳不能說出去喔！」敏敏交代。

「誰會講啊！有多少人要去？這麼一堆人都集合在校門口也太明顯了吧？」如果是小芬派的，那最少二十人！

「就算妳進來也不超過十個吧？就小芬、雅麗幾個人要去而已，文珊那票似乎要去唱歌，其他人各自有計劃！」敏敏笑著附耳更前，「楓兒她們有十個人要去聯誼，都約好了！」

不要驚訝，那個年代不是LINE約一下就出來，大家真的會事先跟他校男生約好，來場聯誼。算著時間，應該也是吃飯聊天打屁而已。

「聯誼？對方男生也翹課喔？」我超好奇的，因為這是平日啊。

「他們學校今天也校慶啊！」敏敏眨了眨眼，我們兩個同時哦了聲，難怪！

「啊妳不去喔？楓兒眼光應該不會太差啊，上次就說要挑帥的聯誼了！」楓兒是班上的古典美人兒，不說話時嫻靜得像古風美女。

對，不講話時。

「電影對我的吸引力比較大。」

「好啦！」我拍拍她，「妳們看完不要拖，快點回來，大家低調行事！」

她對我豎起大拇指，還問我要不要帶什麼回來給我吃。

我無奈的翻了個白眼，帶校外的東西回來，是怕花導不知道大家溜出去了嗎？

敏敏向我秀了帶來的有色護唇膏後，就先離開班上了，外出嘛，總是要稍稍打扮，不過化淡妝加上護唇膏對大家而言已經很厲害了！翹課出去玩的刺激，讓女孩們都非常雀躍，後來連好友伊月也來問我要不要去唱歌，如果全班除了顧攤的人外都不在的話，狀況就糟了。

幸好跟我一樣俗辣的人不少，離開的大概就是原定計劃的那些人，最後確定是小芬等七個人去看電影，楓兒帶了十二個人去聯誼，文珊八個人去唱歌，其他零散各組兩到三個離校，但也只是到附近大賣場吃個飯就回來了。

至少還有一半的人是在學校的，而且敏敏說的很對，班上除了那些校慶依舊在唸書人之外，不到五個人吧？誰會知道誰在哪兒？

我跟朋友到別班去光顧話劇咖啡廳，邊喝咖啡邊看戲，其實都是在搞笑，之後也意思意思的去本班攤位上光顧一下，這種時候當然要照顧自己班的啊。

「冬瓜檸檬！」現職攤主的遞上飲料，「十塊謝謝！」

「辛苦啦！」我好奇的問，「賣完了沒？」豔陽高照，這麼熱的天氣冷飲應該很賣啊！

「快了，最後半桶！」攤主揮汗如雨，「妳們幫我吆喝啦，快點賣完我可以快點回去！」

我這才發現，我們攤上剩攤主跟另一個同學而已。「啊一組不是有六人嗎？為什麼剩妳們兩個？」

「天曉得是去看電影還是唱歌或是去聯誼了？」攤主沒好氣的抱怨著，隔壁攤聞聲轉了過來。「從頭到尾就我們兩個人。」

伊月突然用手戳戳攤主，提醒她說話太大聲，「啊她們就說沒事，想去草坪那邊練歌啊！」

話轉得很硬，但至少攤主明白了。「對、對啦！反正她們覺得有人顧就好。」

氣氛一度尷尬，隔壁班的女生皺著眉在看我們，然後跟她們自己同學交頭接耳。

「喂，這種事講得這麼光明正大？」我低聲說。

「她們班也是好嗎？我看到她們班的還換便服出去。」攤主無奈著扯著嘴角，「大家都一樣啊，我們這種膽小的就認份點。」

「怎麼，妳們也知道小芬她們出去喔？」伊月倒是覺得好奇。

「欸……」攤主尷尬一笑，「好像傳到大家都知道了吧？」

我倒是不意外，她們這樣揪人早晚都會傳遍，反正就是有膽子的去玩，沒膽子的留守就是了。

但我當時萬萬沒想到，這件事會引發後續的軒然大波。

因為，花導知道了。

◎◎◎◎◎

沒事幹的我們兩點就先回到班上了，聊天打屁，其實回來時也不少人都在，大家已經先把能收的收一收了，坐等放學的概念。

然後，花導突然一臉嚴肅的從前門走了進來。

「大家都回來了嗎？」她隨便問。

「還沒吧？還有很多人外面晃。」

「賣完的話就先收攤，看別班都陸續賣完了。」花導說話時始終皺著眉，看起來就是在生氣，「知道同學在哪的就全部叫回來。」

嗯？大家都覺得有點錯愕，為什麼花導有種要集合的感覺。

「去叫！」花導突然吼了起來，「我們兩點半點名！」

咦？大家這下嚇到了，點名？在校內的人當然沒差，問題是那些在外面的人，絕對是趕不回來的啊，因為早先說的是三點半點名啊！

「我覺得花導知道了。」大家開始竊竊私語，這態勢太明顯了。

花導此後就再也沒離開班上，而是走到講台，一臉不爽的看著大家，害得大家都不敢放肆聊天；只知道奔相走告，找同學、收攤都是半小時之內能搞定的事。

那是個沒有任何手機、連傳呼機都沒有的年代，所以要緊急通知在外面的同學根本不可能！說真的，就算通知，她們也絕對趕不回來。

「王小芬！」

兩點半，花導幾乎用一種迫不及待的態度點名，每個字都像是咬牙切齒，一副「我抓到你們了厚！」的語氣，在校內來不及回來的人沒差，只要回到班上報到，便可立刻銷掉。

那天外出的同學差不多佔了一半，所以點名超快的，沒五分鐘就點完了。

然後，全班就坐在位子上，花導站在講台上，一臉肅殺之氣般的「等」著其他同學回來。

當時我們完全不被允許離開班上，有別於其他班的熱鬧打掃，我們班活像辦葬禮似的嚴肅低迷，誰都不敢吭聲，我看著花導凌厲的目光倒覺得有趣，因為那是我頭一次看見她這麼具有威嚴、說話這麼有氣勢。

而這個氣勢，卻是建立在她終於抓到同學某些弱點的時刻。

這件事讓我理解到，未來即使抓到某人的弱點或把柄，也絕不能這樣喜形於色，因為**這種過激的見獵心喜，恰恰會反應出急躁與某種程度的自卑。**

尤其，她是個導師啊！為什麼會有這種心態呢？我在那瞬間其實對她更加失望了。

三點多，歡聲笑語從走廊上傳來，遠遠地就聽見小芬的聲音，該死的連派個人出去對她們使眼色都沒辦法，她們就這樣高談闊論、興奮的走進來，第一個進教室的就是敏敏，從後門一踏進班上，立即呆掉。

「怎樣？」小芬跟著後面進來，全班是齊刷刷的回頭看向她們，歡樂的氣氛登時凝結。「呃……」

「現在才回來？」花導立即開口，「我們已經點過名了！」

小芬她們大驚失色，再蠢的人看這陣仗也知道發生什麼事了！但小芬心裡湧現的是不爽，她立即反問：「喔，不是說三點半點名嗎？」

「因為我想提早點。」花導瞪著她們問道，「妳們去哪裡了？」

犯規在先，多少會心虛，小芬她們一行七個人不太敢開口，選擇別開視線低下頭，唯獨小芬迎視花導，自然的說了句，「到處晃！」

「去哪裡晃？哪個攤位？哪一班的？」花導追問。

但小芬沒理她，逕自走回座位，用全班都聽得見的話語抱怨著，「問這麼多？啊不是講好三點半點名？」

「王小芬！」花導突然暴怒，一掌拍了桌子，「還敢說謊！妳這種人除了說謊還會幹嘛？妳們不要以為出校的事我不知道！我都知道了！」

磅！小芬重重的把包包甩上桌面，完全沒有退讓的意思，「對！我們出校了！我們去看電影啦！」

敏敏她們都站在後門進來的牆邊，嚇得哆嗦，低垂著頭不敢造次，只有小芬一個人正面迎對花導，她也害怕，但後來提起，她說那天她執著點在於：「說好三點半點名。」

「看什麼電影？還在騙！妳沒救了妳，只會騙！」花導氣急敗壞的指著她們每個人，「不檢點，上學時間穿著制服去聯誼，妳們要不要臉啊？」

咦？班上有幾個人明顯一怔，啊小芬她們不是去看電影嗎？

「誰跟妳聯誼啊？我們是去看電影！」小芬也惱了，「妳少在那邊亂編！」

「妳敢說我編？妳用這種態度對老師的嗎？翹課外出已經很過分了，還去聯誼，有膽去聯誼還沒膽承認！」花導開始咄咄逼人。

「閉嘴啦！」小芬超不爽的一腳踹開自己的桌子，「導師了不起喔？就可以亂編故事亂造謠？」

氣氛劍拔弩張，小芬踹桌子很是嚇人，她前面剛好是聯誼那票同學，空蕩蕩的座位。桌椅被踹得亂七八糟，全班都超緊繃。

然後，更大的聊天聲從後門遠方傳來了，聯誼組跟唱歌組在校內遇到，會合後浩浩蕩蕩的回來了……這一進門氣氛從沸點瞬間變冰點，最糟的是楓兒臉上的妝感超明顯的，她連洗臉都還來不及！

「妳們就這麼哈男人嗎！」花導最後怒不可遏的吼出這句話。

我從來不覺得聯誼有什麼錯，不一定是交往，當朋友不行嗎？為什麼花導心中口中說出來的話會這麼齷齪？

不要以己度人，就算是高高在上的導師也一樣……噢不，正因為她是導師，所以更不該。

◎◎◎◎◎

總之，事情炸開了鍋。

不知道花導的腦迴路是怎麼接的，她完全不相信小芬她們是去看電影，即使敏敏哭著把電影票根給花導看，花導依舊認為大家全部都去聯誼，還說票根是她們跟別人借來當藉口的，以為她好騙！

敏敏伏案痛哭時，我連一句安慰的話都說不出來，當天我親手拿過那張票根，她們七個人人手一張，身為導師為什麼會這麼不信任自己的學生？即使證據在前，也可以指稱她們在騙人。

雖然我對花導的印象一直是無感，可是在這一天內讓我不停反感，深深下定決心，不會再尊重這位導師了。

之後花導還講了一堆羞辱的話，便拂袖而去，出去玩的女孩們開始哭，小芬則在那邊痛罵沒信用、爛導師，然後質問班上到底誰說出去的！誰會承認啊，尤其事情都鬧這麼大了，誰不想明哲保身？

那天我們應該是全校氣氛最低迷的班級，好好的打掃後，坐在位子上等待難熬的放學鐘響，倒數十分鐘時花導面無表情的進來，我發誓她帶了幾分高傲。

「今天發生的事我不會上報學校，妳們不會被記警告。」她頓了一頓，卻說出更可怕的話，「但我會一一打電話給妳們的家長，把妳們今天的行為告訴家長。」

全班發出了哀嚎，但我想花導絕對也沒想到，這件事會給她帶來多大的影響。

◎◎◎◎◎

花導在週五校慶後的週休二日裡，聯繫了所有翹課同學的家長，告知他們孩子翹課的事，出去的同學都早有覺悟，免不了一頓罵或是打，這就是我當時在意的風險，能逃過警告已經是萬幸了。

只是有個問題點，就是花導咬死所有人就是去聯誼，沒有看電影或唱歌的選項，只有聯誼。

在那個年代，許多家長都反對聯誼，更有很多人像花導一樣，覺得這是「不檢點」的事。但，要說最不該的，就是穿著制服跟翹課這兩件事了。

不過去看電影跟唱歌也被說成聯誼，遇到比較保守派的家長，下場就真的很慘。

敏敏的父母還算開明，信她的票根、相信自己的女兒，所以就是挨了頓罵；文珊跟楓兒相安無事，爸媽就只是唸了一下，要她們下次要做這種事穿便服去，還說了人不輕狂枉少年，他們當爸媽的以前也幹過一樣的事，甚至更瘋狂，完全理解。

但，真的不是每對父母都這麼好說話的。

校慶後的週一，班上還在一片低迷中，有不少人覺得花導利用了這次機會樹立權威，沒想到平常看起來弱宅的她做起事來會這麼雷厲風行，讓大家多了幾絲懼意。

我不會畏懼掌權者，反倒會給予對方基本的尊重，但前提這個人必須值得我尊重，而不是因為她頂著「導師」的頭銜，就必須給予尊重。

而我不認為一個在家長面前造謠的導師，有多值得被尊重。

陷害學生，她會得到什麼快樂呢？這個問題讓我在校慶後想了幾天，花導為什麼要用自己的威權與地位，去設計學生？難道是為了學生好嗎？

可是這樣做真的能讓她們變好？我真的不懂。

「為了你好」，從小到大，我們都被這句話情緒勒索過很多次，但橫豎至少都有個理，父母師長最終目的，大部分是為了我們好，只是方法錯誤或是理解偏見罷了。

但是造謠？這怎麼可能是為了我們好？

如果論目的，花導的確達到了！小芬派中有一半都變得安份，校慶翹課出去的人都被家長狠削了一頓，也見識到花導的手段；大家再怎麼嗆，都會輸給「導師」這個身分，因為她就是掌握權力的人，我們之間的相處本是權力不對等，這種情況下，身為學生的我們只能低頭。

十年後到了職場，我便意識到花導這種人不會消失，只會變本加厲，因為他們會變成你的上司。

早自習前是掃除時間，一向都很早到的小芬在校慶後的週一沒有來，大家當然都最關心她，因為校慶那天放學時，她全身是發抖的回家，還緊抓好友雅麗的手說，要是她爸覺得她是去聯誼，她會死的。

雅麗假日有打電話去她家，結果是小芬弟弟接著，嗆一句「她不在」後就掛了電話，所以雅麗、文珊她們都非常擔心。

當然有一部分的人是看熱鬧，因為依照小芬的性格，這件事她絕對跟花導沒完沒了，只是她能怎麼反抗花導？我也不知道。

花導在掃除時進教室，看見小芬的座位是空著，我不知道她是擔心小芬為什麼不來？還是想著她沒來是翹課，還是請假？接下來要怎麼辦？

不過，小芬來了！在還沒進教室前，敏敏從後門跑進來，臉色有點蒼白的看著大家，聲如蚊蚋的說了聲：「她來了。」

雅麗她們那票人即刻奪門而出，小芬的人緣其實是極好的，一轉眼十幾個同學都衝出後門去接她，班上所有人都往右後方的後門看，期待著小芬的到來。

我們前後門中間區塊是走廊，那邊沒有擺桌椅，一旁的牆上掛著公佈欄，花導就站在公佈欄前，也盯著後門，看見這麼多人跑出去迎接小芬，不知道她心裡是怎麼想的？

只是，小芬真的走得太慢了！慢到我匪夷所思。

「妳是在哪邊看見小芬的？」我問敏敏，「是在中庭嗎？」

敏敏蹙著眉搖搖頭，眼裡居然有淚水打轉著，「在外面而已……已經在這棟樓了。」

我們高一時教室在一樓，進入這棟樓再走到我們教室最多也就五十步距離，是有必要走這麼……，一群人從後門進來了，我靠近後門，一下就看見了簇擁著小芬進來的人們，為首的是楓兒跟文珊，這一票十幾人都沒聲音，但是卻同時以一種惡狠狠的眼神瞪著廊上的花導。

挑釁的意味太明顯，我有點恍惚，直到我看見被包在中間的小芬。

尚未換季，大家都還是短袖裙子，而小芬卻穿著外套，裙子下露出的雙腳卻是青紫色……她舉步維艱，一拐一拐的走進來，全班都倒抽一口氣，看著那雙遠看還以為穿著紫色褲襪的腳，靠近她的我可以確定，那是真的皮膚，上頭是一絡一絡的青紫瘀痕。

花導的視線下移，看見那雙紫色的腳也錯愕了，半晌說不出話來時，小芬卻在大家攙扶下，來到她的面前。

全班真的靜到一根針掉下都會有回音，小芬昂頭迎視著花導，她因為抬起頭，可以看見其實她左右兩個臉頰也帶有青紫色的瘀痕，而高中女孩的漂亮頸項上，也有兩條青紫痕。

她開始緩緩的脫下外套，雅麗本想幫忙卻被她阻止，即使小芬連張開手都有障礙，但終究是脫下了體育外套……外套順著她的手滑落在地時，我簡直都要無法呼吸！

在我眼前的小芬除了臉之外，身上幾乎沒有一吋肌膚是完整的膚色！兩隻手臂，小腿、大腿，全都是紫色的瘀青，而且看起來是被皮帶或水管打的，因為痕跡都是一條一條，密密麻麻！她的身體就像畫布，有人拿著樹枝沾上紫色顏料，一鞭一鞭染滿她全身上下。

花導開始微顫，她收緊下顎，從上到下看著小芬，沒說一句話。

然後小芬開始脫扣子。

小芬！雅麗緊張的握住她的手，制止她繼續脫，因為大家懂的！我們懂在看不見的地方，只怕也都是紫青一片的殘酷。

然後，她定定的看著花導，再上前一步，幾乎逼近了花導的鼻尖，打破這令人窒息的沉默。

「妳給我記著，從今天開始，我不會放過妳。」

小芬她劃上微笑，對花導下了戰書。

◎◎◎◎◎

原本花導對校慶的事擬了篇訓斥稿子，打算在早自習跟大家長談，不過後來她什麼都沒說；內容大概就是講說翹課是不對的，這次告訴家長不記警告只是小懲大戒，希望大家不要用僥倖心態處之，而且這樣在外面遇到什麼危險怎麼辦？

這是我去花導辦公室時，發現她壓在透明桌墊底下的稿子，她大概沒想到有人會堂而皇之的站在她座位看這麼久吧。

我完全理解也支持花導的想法，不對的事就是不對，她的告誡文也正確，畢竟到學校來唸書的學生，翹課在外萬一出事，學校卻一無所知那還得了？

但，她錯的是「造謠」，硬安錯誤的罪名給學生。

另外，還有一點是我跟少部分人在意的，那就是失信；已經說好了是幾點點名就是幾點，提早點名有點故意坑人，但我相信大部分人都會覺得花導沒錯，因為她必須管理一個班級，這不是食言，而是因時制宜。

後來長大我也明白，只是對於當時的我而言，她就是個不守信的人。這件事也讓我學到了「說什麼話不要說死」。

總之，因為花導的不守信用與造謠，導致小芬差點被打死，也讓我對花導更加厭惡，我還是站在三不管派系，但絕對不會去支持花導！

小芬的家庭是至今依然存在的重男輕女，而且是更嚴重的那種，弟弟是寶，姊姊是草，連弟弟都能揍她，媽媽也不會站在她那邊，她爸爸覺得養女兒就是浪費錢的事，因此，小芬在家是動輒得咎，毫無地位。

當年還沒有家暴專線這種事，都是「清官難斷家務事」。

花導偏偏跟她爸爸說小芬是去聯誼，甚至還說校慶全班的翹課與聯誼是由小芬一手主導策劃，所以小芬爸爸怒不可遏，拿起水管狂打了她兩小時。

「我爸說，我是妓女，是婊子，自己下賤就算了，還帶著妳們一起下賤。」小芬坐在位子上，平淡述說自己被打的過程，像是在講別人家的事，「說他生出這種賤貨女兒，不如活活打死算了。」

「什麼話啊！聯誼的是我們耶，我主導的，人也是我挑的！」楓兒極度不平，「為什麼變成妳的功勞啊！」

「喂！」小芬沒好氣的笑了起來，但一笑，就痛苦地皺起眉，她被打得太重了，隨便一個動作就是錐心刺骨的痛楚。

所以這幾天大家都是幫她服務，拿便當或買吃的，總之完全照護，而且也因為這件事，讓零散派變得益加團結，小芬派登時成了超過班級三分之二的最團結組織。

「可以報警嗎？」文珊忿忿不平的問，「妳爸為什麼可以把妳打成這樣？妳媽都沒說話？萬一打死怎麼辦？」

「我媽還幫忙遞水管，說我『夏夕夏景』。」小芬冷冷笑著，一副稀鬆平常，「再說了，報警有用嗎？我能去哪裡？被我爸知道後不是會更慘嗎？我現在禁不起再次被打了啦！」

同學們都很為她抱不平，身為她摯友的雅麗更是明白關鍵點在哪裡。「如果是去看電影，會這樣嗎？」

小芬望著她，搖了搖頭，「會被打，但不是這個樣子。」

所以，這一切都是花導害的。

這一瞬間，我看到二十幾個同學眼中燃燒的怒火，不約而同的看向一點鐘方向的前門，我跟著望過去，原來是花導走進來了。

這位讓小芬她們團結的大功臣。

讓小群組團結不需要費太多心思或技巧，有時候只需要一個共同敵人。

下一節便是數學課，花導提早進來，自然就看見圍成一群的人，她才一踏入，所有人都冷冷地瞪向她，她是大人，怎麼會看不懂那個眼神？

花導的氣燄也唯獨校慶那天高漲，在小芬遍體鱗傷的走向她時，也一點點澆熄了她的威風凜凜。

她多少也有愧疚吧？我必須這麼相信，否則導師這個身分的地位在我心裡真的太差勁了。

花導回到之前溫吞的模樣，我都看得出她的強顏歡笑，她很努力的過好每一天，叫大家回座位坐好，要上課了。

唰啦——一把椅子從第一排甩向了公佈欄的下方，飛了一公尺遠，磅的一聲撞上了牆而歪斜！

這嚇得全班一大跳，後來我才知道，這是戰鼓的響起。

坐在那個位子的是雅麗，她右手邊就是前後門中間那區塊的走廊，寬敞得很，她拋出的椅子撞擊牆壁，代表正式宣戰。

她站在自己位子上，沒有動作，而包圍著小芬的二十幾人，無一人起身或移動回自己座位上。

我們這些圍觀路人都丈二金剛摸不頭腦，不明白發生什麼事，我只覺得是要單挑嗎？小芬連路都走不好了，單挑什麼？

「好了，要上課囉！大家回到座位上。」花導站到講台上了，準備開始上課。

結果，又是不動的對峙，那二十幾雙眼睛，就是只瞪著花導，誰也沒移動半步。

花導也察覺到了，她明顯的深呼吸，表情明顯得不悅，「怎麼了嗎？我們上課了，快回位子上坐好！」

這時，我可以看見讀書派的幾個人回頭，厭惡的看著那群人，明顯覺得這群人在鬧什麼，妨礙到她們上課了！

「好了！大家回座位吧！」小芬凝視著花導，並且揚起微笑，擊了兩下掌。

幾乎是一聲令下，二十幾個人同步移動，或起身或走回位子上，雅麗則去拖回自己的椅子，她真的是故意用拖的，那拖曳聲之明顯，再坐回位子上。

這一瞬間，我都不知道誰才是導師了！

小芬立即獲得了主導權。

「哇塞！」隔壁的伊月朝我挑眉，用嘴型說著。

這實在太有趣了！我內心不禁湧起一種佩服，隱約的察覺到小芬想要怎麼做了！那句「我不會放過妳」不是說假的！身為權力不對等的學生，或許無法公然抵抗導師，我們更敵不過威權，但是……似乎並不是全無辦法。

小芬直接削弱了導師的威權！

花導有些目瞪口呆，看著全班坐定，她也無法多做些什麼，總不能懲罰大家吧？她只能呆在那邊幾秒，然後開始上課。

我回頭偷瞄向小芬她們，所有人都面無表情，而且是前所未有的專心……必須說，她們裡頭絕大部分都是喜歡玩樂大於唸書的人，而且更多對數學毫無興趣，每次上課都是在下頭看漫畫、看小說或是聊天，現在卻全神貫注。

不知道是全神貫注的聽課，還是……，所有人的眼睛都是直直看著花導，那眼神裡的怒火明顯異常。

紙條傳了過來，伊月寫著「好厲害」三個大字，我點了點頭，寫下了：我覺得還沒完。

今天只是初試啼聲，肯定還沒完，小芬哪有這麼簡單！

◎◎◎◎◎

大概一星期後，小芬活力恢復，可以自由行動，身上的瘀青變成紅色，看上去其實比青紫更加怵目驚心，但那是快痊癒的情況，我們都很為她開心。

從回座位事件後，再也沒有任何新鮮事發生，甚至花導一喊，大家就回座位，平靜得像那天的一切只是幻覺，我不否認有點失望，應該不會只有這樣吧。

「我以為還會有什麼事耶！」伊月跟我一樣的想法。

「我覺得會有！」我還是很堅持，「而且現在效果也不差啊！」

「哪有什麼效果？」

「哪沒有？妳沒看花導現在進來班上壓力有多大？一直擔心那天的事重演。」坐在前排的我們，看得一清二楚。

「是嗎？」伊月倒沒留意這麼多。

隔我們兩排的讀書派斜眼睨了我們一下，下課說話好像犯罪似的，因為會打擾到她們唸書，我是沒在管她們，下課就是我的時間，我也不相信二十四小時黏在椅子唸書，就真的能考上台大。

而且她們也只敢對我們嘖，小芬她們那票在後面吵得跟菜市場一樣，半句都不敢吭。

人的欺善怕惡，是深入骨髓的。

下節又是數學課，我依舊抱著無限希望，但一如這幾天般的平靜，花導教學上課，底下的我們猛抄筆記，接著這一章節到了末尾，就是驗收的時候。

「來，這邊有五題，我們叫幾個同學上來練習！」花導每次一這樣問，全班大概都會低下頭。

接著花導先問有無自願的，當然不會有啊，於是她開始點名，第一個點到的就是敏敏。

「吳敏敏。」花導在上頭喊著。

敏敏應了一聲，卻沒有起來的動作。

花導一時也沒注意，她一連喊了五個人的名字後才抬起頭，發現學生依序上台，獨獨兩個人沒有動靜，所以她再喊了一次名字。

這兩個人都是小芬派的，我回頭看去，果然敏敏跟小菱都沒動靜。

「敏敏，小菱，加油！」還是小芬開了口，「上去做題吧！」椅子推開聲音是同步的，兩個學生在小芬的叫喚下，才起身去台上做題。

哇，這真的超厲害的！我看向伊月，是不是說還沒完？

結果，不僅於此。

「來，我們給被叫上台的同學掌聲鼓勵鼓勵！」小芬接著開口，然後拍起手來！「感謝她們的犧牲！」

整齊的掌聲聲起，這下所有人都朝後頭看去，後方一整票人報以熱烈的掌聲，彷彿上台是一種殊榮……是一種犧牲，需要大家的鼓舞！

然後小芬停手，掌聲跟著停下，空氣中瀰漫著一股諷刺的氣味。

花導站在講台一隅，用困惑且不滿的眼神看著下方，「這個也要鼓勵喔？做題犧牲什麼了？」她乾笑著。

「妳心知肚明。」小芬淡淡的笑著回應。

在敏敏她們做完題走下來後，小芬又率眾讚美了她們一次，又報以誇張的掌聲。

這真的是尷尬到不行！用現在的語言說，都快要尷尬癌末期，腳趾頭都能在地板摳穿個洞！但花導什麼也沒辦法做，她要斥責？處罰？同學間的互相鼓勵錯了嗎？

她只能用破壞上課秩序處分小芬她們，這一罰就是近三十個人，但聰明的話真的不要輕舉妄動，幸好花導沒這麼做。

從這天開始，情況就變本加厲了！

但凡花導在課堂提到誰的名字，小芬就會打斷她，率眾鼓掌，花導後來曾經下去問她們這是在做什麼？請她們不要打斷上課，這樣的鼓掌毫無意義。

小芬直接開無視，花導就站在她身邊，她卻連正眼都沒瞧她一眼，彷彿旁邊沒有人在，之後陸續有游離派加入小芬派，她們本來就不滿花導，也有人是牆頭草，總之還不到一週，小芬派超過了三十五人。

我們班那時只有五十四位。

往後每當花導再提到某人的名字時，小芬都會隨機帶大家掌聲鼓勵，再後來會加句口號，叫「聯誼萬歲」。

第二次段考結束，全班數學最高分是楓兒，那天在課堂上發考卷時，我可以保證花導的臉色之難看，臉色之緊繃，因為只要發到小芬派的人，小芬就要鼓掌一次，像楓兒這種佼佼者，她們一整票人還直接起立鼓掌！

發個考卷，幾乎要耗掉一節課。

在花導爆發前，讀書派先爆發了，她們在一次拍手後直接在課堂上嗆了小芬派。

「妳們在做什麼啊？無理取鬧，一直在打斷上課，妨礙我們學習！」讀書派的佳儒不爽的拍桌子站起，回頭就罵，「妳們不想讀書是妳們的事，班上還有想讀的人啊！」

「就是！」身為她朋友的姿雲也回嗆，「妳們再不爽導師就自己解決，不要影響別人好嗎？」

在這瞬間，花導揚起了欣慰的微笑。歷時一個多月，終於有人站在她那邊了，同一陣線的感覺應該很好。

小芬派她們意外的沒有當場對嗆，也沒有吵架，大家什麼話都沒說，只是默默的坐下，不再鼓掌也不再起鬨，有一種似乎就這樣算了的感覺。

我才不覺得咧！

一下課，我就看見花導把佳儒她們叫走了，看來是要組陣線聯盟了，後方小芬派卻彷彿剛剛什麼事都沒發生，也沒瞧她們在討論，我嚴重懷疑她們是不是一到家就熱線聯繫，還有一本攻略吧？

「有幾個人對她們很反感，因為她們在課堂上這樣，大家都很尷尬吧！」伊月說得倒是事實，「每次她們在那邊掌聲鼓勵時，我都不知道該拍手還是不該拍！」

一開始都會下意識的跟著鼓掌，到後面大家就是尷尬的度過。

「當然不拍啊，就當看戲就好！」我已經做好決定了，「這陣子都不要跟佳儒她們太近，也不要跟花導太近。」

「嗯？」伊月顯得很錯愕，「什麼意思？」

「我們要站中立就站到底，中午吃飯時大家一起吃好了！」我決定把平常跟我們要好的幾個人召集起來，「叫大家絕對不能選邊站！」

「我們本來就沒有要選邊站啊……不過妳講得好像班上硬分成兩邊了！」伊月也皺起眉，對啊，這樣一搞，好像變成力挺花導派，跟小芬派兩派而已。

「不會撐太久的，佳儒那派太弱了。」我笑著搖頭，我是不知道她們哪裡來的勇氣，區區不到十個人要跟三十五人對抗？而且對象是那種敢公然挑戰導師權威的人，她們怎麼拚？

就算導師撐腰也沒用，小芬她們如果有把花導放在眼裡，事情就不會發展到現在這地步了吧？

事情跟我們猜的差不多，小芬她們就只安靜一天，隔天開始依然故我，而花導真的在做吸收同盟的事，期待同學能幫她說話，而那幾個讀書派的，也的確突然硬起來，動不動就跟小芬她們對槓。

簡單來說，就是當小芬莫名其妙打斷花導上課時，佳儒她們會怒不可遏的吼著夠了，不許大家拍手，但是這種方式一點用都沒有，因為小芬她們採用變本加厲的拍手延長時間法。

花導也生氣的下講台制止，但花導一衝下來，她們就集體停止拍手，她重回講台，她們就繼續拍手，活像在玩一二三木頭人。

花導要找個由頭處罰她們都很難，小芬都會反問為什麼不許拍手、還是說同學不該嘉獎？每次拍手也不過十秒，說實在的也沒造成什麼太多影響，純粹就是對花導施加心裡壓力而已。

中間花導也試過各個擊破，私下找了楓兒、文珊她們溝通，結果當然沒效，反而讓她們更加堅定與團結。

而讀書派就沒那麼好過了，沒過兩天，小芬派隨便指使幾個人開始鬧事。

佳儒坐在我右邊兩排之遙，我是第五排第二個位子，她是第二排第二個。她是那種下課就坐在位子看書的人，幫花導嗆聲的兩天後，某節下課時雅麗、文珊、小菱三個人分別把坐在她左右兩邊跟前後的同學全部請走，然後坐了下來，把佳儒包圍在中間。

「好認真喔！」雅麗坐到她前面，反過來坐的她刻意趴在佳儒桌上。

「對啊，這麼認真？我看妳這次段考也沒考多好啊！」楓兒聳了聳肩，從右邊湊近她，「考得還比我差。」

「妳是不是讀書方法有問題啊！」右邊的小菱也逼近，呈現三方夾擊的包住佳儒。

下一秒，雅麗動手抽走她的筆記。

「喂！妳們幹什麼！」佳儒緊張的伸手要回搶的同時，小菱跟文珊一個拿走她的課本，一個直接抽走她的書包。「喂──」

她們三個東西一到手即刻離開座位，分散跑出教室外，佳儒措手不及，只能在教室裡大吼大叫。

「太過分了，王小芬！」她氣急敗壞的衝向後方的小芬，她們正在聊天說笑，好不開心。

「幹嘛？」小芬反問著她，「妳凶屁啊！」

「叫她們把東西還回來！」佳儒氣得指向外面，「妳們太過分了，妳們這是在欺負人！」

「是嗎？」小芬坐在位子上，悠哉的抬起頭，笑看佳儒，「就算是，妳能拿我怎麼樣？」

「去報告導師啊，妳不是有導師撐腰？」有人在一旁涼涼的建議，

「看導師有什麼方法可以幫妳！」

佳儒氣到不行，轉頭就衝出教室去找花導，沒幾秒花導跟著她回來，質問大家是怎麼回事，為什麼佳儒氣到一把鼻涕一把眼淚的，說小芬她們霸凌她，拿走她的課本書包跟筆記。

上課鐘響，雅麗她們從容的回來，物歸原主，擺回原位。

「我只是想看看她筆記怎麼寫的啊！」

「對啊，這麼用功，想借鑑一下！」

「我是看到她書包上面髒了，幫忙擦一擦，很乾淨了啊！」

三個同學用無辜的表情，說著絕對的謊話，佳儒衝回位子，她的筆記完全沒有被動過，也沒被撕掉或泡水弄髒，書包還真的被擦了一遍，乾乾淨淨。

「這麼不識好人心喔！」小芬補刀。

全世界都知道發生什麼事，花導也知道，問題是沒有一個人犯錯、也沒犯規，花導最多只能說以後不要擅自拿別人的東西，佳儒的忿怒與怨氣只能往肚子裡吞。

其他幾個讀書派的開始覺得不安，因為這就是小芬派的警告，她們懂。今天佳儒的筆記沒事，那明天咧？說實在的，她們只要扔進馬桶裡，就算哭爹喊娘，記小芬她們一百個大過，筆記都回不來了。

「妳不覺得她們很過分嗎？」

中午吃飯時間時，讀書派的姿雲突然對著我問。

我正在跟伊月她們聊得正開心咧，因為這突然的一句，我可慌了，拜託沒事別扯人下水好嗎？

「誰？」我淡淡問著。

「小芬她們啊！太過分了！」姿雲逼近我們，看著我們這一掛，

「妳們都不作聲嗎？」

「關我們什麼事？」我直接回應，不讓她去逼問伊月她們，「這是小芬跟花導的事，妳們幾個自願要扯進去，就要扛後果，扛不了也不要來找我。」

「都是班上的人，妳怎麼可以置身事外？妳不覺得她們這樣過分嗎？那是在羞辱花導，還影響到我們上課！」姿雲顯得很不可思議，「妳應該要——」

「我沒有應該要做什麼的義務吧？那是她們跟花導的事，我沒有被羞辱到啊，而且我也沒覺得上課被影響。」我轉向圍成一圈吃飯的自己人，「有誰覺得上課被影響嗎？」

「沒有啊！」伊月她們異口同聲的回著。

我當然知道姿雲為什麼要來找我，因為我夠凶！我能成為中立派是有原因的，因為我誰都不管，過自己的生活，小芬她們再囂張，與我也保持一定的平衡關係，我們沒事不會去打擾對方。

拜託，我是來唸書的，不是來搞這些五四三的吧？

「小菁。」冷不防的，小芬突然站在我身後，「怎麼了嗎？」

姿雲嚇得整個人都站起，回頭看著突然出現的小芬……以及她為首十幾個人，臉色當場嚇白。

「沒事啊！」我輕鬆的回著。

「她吵到妳吃飯了嗎？」小芬笑著，凝視著姿雲。

「沒有，就聊聊。」我回著，同時把桌子往左挪了一大吋。

反過來坐的伊月有點錯愕，因為我莫名挪動了桌子，但反應很快的也趕緊挪了椅子……開玩笑，往右邊看去，有十幾個人已經全部圍住佳儒讀書派的座位範圍了？

原本坐在附近的同學全部被請走，改暫時坐到小芬她們的位子上了。然後，小芬派的人就包圍著讀書派一起吃飯，雅麗還抱著一堆飲料進來，遞給我們一人一瓶。

「今天我請客，這個調味乳超好喝的。」小芬說著，親自遞給我。

「這麼好，謝了。」我也大方收下。

「包涵一下。」她轉身朝向佳儒她們，突然又看回來，「妳是看戲的吧？」

「對啊！絕不會干涉舞台上的人喔！」我肯定的點頭。

我到現在都記得小芬那瞬間雙眼發出的光芒，我們什麼都沒再說，她開心笑著，然後走向讀書派的人，也陪她們吃飯。

那些午餐被請走的原座位同學，每人都有一瓶飲料，扣掉讀書派，皆大歡喜。

「友愛的午餐」連三天都撐不過，有人甚至嚇到不敢來上課，家長打電話問花導怎麼回事，小芬派也只是兩手一攤說：同學間中午一起吃飯啊！

沒有傷害、沒有打罵，同學間一起吃個飯，至於嚇成這樣嗎？她們也不明白，如果花導下令不許學生一起吃飯，她們當然得遵守。

天曉得花導琢磨多久才能下這個命令，她的壓力絕對是讀書派的幾百倍，擔心說錯話、做錯事，又成了小芬她們的把柄！好幾天後，她終於說出同學如果中午想安靜吃飯，不要打擾她們。

友愛的午餐一下就結束了，當小芬再度率眾鼓勵被花導叫上台的同學時，讀書派再也沒有任何聲音。

這件事到學期末都沒有停止，因為我是某科小老師，很常到老師辦公室去，我好幾次都想問花導，現在這種狀況，她是否度日如年？

她有沒有後悔過，校慶那天的造謠？

◎◎◎◎◎

高一下學期開學後第一堂數學課，那是每個人都以為這件事已經過了的時候，當伊月站起來回答花導的問題，後頭傳來高分貝的聲音。

「辛苦伊月了，好棒的回答！」掌聲再度響起，「大家拍手鼓勵鼓勵！」

「喔喔喔喔！」這學期多加歡呼音效。

我下意識聽見掌聲就跟著拍起手來，伊月回頭超尷尬的站著，還很有禮貌的道謝，令我當場笑了出來。

「有什麼好笑的！」花導突然一秒暴怒，找我開刀。「小菁！」

「啊？」我這人有個壞習慣，聽見別人對我口氣差，我只會加倍奉還，「我為伊月答對開心啊！不行嗎？」

「上課沒有上課的樣子，嘻笑是什麼態度？」花導氣到整張臉都漲紅了。

那天我被罵到非常不爽，但還是維持基本尊重的站起來，直接指向後方。

「花導，拜託一下，身為一個導師可以有點膽識嗎？」我大方的回頭比向小芬，「妳不敢對付小芬，也沒必要找我出氣吧？妳想說什麼？請對著她們，再說一次！」

花導的臉陣青陣白，生氣的踩下講台，我當下已經決定花導只要敢找我麻煩，換我跟她沒完時，後頭傳來了歌聲。

這真的太、太、太突兀了，小芬派開始了整齊的大合唱，全班都傻住了，連花導都沒辦法說話，聽著唱完後小芬再高喊一句：為自己掌聲鼓勵鼓勵！

「喔喔喔唷！」

我憋住笑容，花導的臉色難看到爆，她發狂暴怒卻罵不出聲，卡在講台上一分鐘，突然轉身走出教室，十分鐘後再登回時，當做剛剛什麼事都沒有，繼續上課。

從這天開始，我跟花導的樑子也算結下了，她開始刻意找我麻煩，不知道是因為我沒站在她那邊？還是因為我拍手了，誤以為我站到小芬那邊去了？

等等，重點該是這個嗎？我是她的學生啊，又不是什麼仇人，她不是應該去解決這個矛盾，好好的跟小芬她們溝通？再難也要找出方法，而不是找看戲的我出氣啊！

她這步棋真的走錯，我之前至少中立，被她這麼一搞，我就會往小芬那邊多站了一步。

高一下學期班上氣氛越來越差，花導日漸憔悴暴瘦，她心理壓力絕對沉重，中間還曾經想過一些很無用的辦法，例如找教務主任來曉以大義啦、或是找其他老師講和，我們同年級某班的導師跟她是閨蜜，又是我們國文老師，在上課間有意無意的提到這件事，拐著彎要小芬她們停止胡鬧，要尊重導師。

結果，教務主任一訓完話，小芬代表起立，所有人異口同聲的高喊：「教務主任說得對！教務主任萬歲！」

接著還是掌聲鼓勵！

就連教務主任都綠著一張臉不知道能怎麼辦，最後權威再大，也只能叫她們坐下，說不要這麼誇張時，竟然還獲得她們的道謝咧！

伊月那天是笑倒在桌上差點翻過去，我則是捧著肚子直喊疼，下一個國文老師也是同樣的待遇，小芬很公平的！只是向國文老師解釋，畢竟她不是主任，用不到「萬歲」這兩個字。

後來我跟小芬她們聊開，她們超有組織的！所有人分成數個小組，一有事就是小芬傳紙條給頭頭，頭頭再發下去，異口同聲跟同步行動，都是迅速傳遞紙條的成果，你看看，多井然有序！

日常電話聯繫當然有，教戰守則跟演練全部都排過，完全做好萬全準備。

看著她們，假以時日說不定小芬會為成為很棒的管理職呢！

那個學期，大家算是相安無事的度過了，至少我是這麼認為，學期最後一週我送東西到老師辦公室時，還是被花導叫住了。

「妳覺得這學期在班上的感覺如何？」花導站起來問我。

「很好啊。」我這是實話。

「妳真的都不覺得這樣下去不行嗎？」花導那天說話是咬著牙說的，「她們這樣每天每天鬧，影響著所有人……」

「我沒有覺得被影響到喔！」我趕緊澄清，我想像中的大人，問這種問題後面都會附上陷阱，讓我們背鍋的。「妳被影響到的話，要去解決啊！」

花導看著我，幾度欲言又止。

「妳跟小芬她們不是很好嗎？妳去幫我跟她們說說——」

「這是妳造成的，妳要自己解決吧？」我立刻打斷花導說話，我永遠記得坐在花導隔壁的國文老師是當即拍桌站起來的。

「同學，注意妳的態度！」

「我們班的事，還輪不到國文老師妳干涉吧？」我也沒在客氣，直接問了花導，「搞成這樣還不是因為妳？妳自己先想想妳之前在校慶做了什麼！」

「我做什麼？我做錯了嗎？是她們翹課，她們跑去聯誼──」

「小芬是、去、看、電、影。」我打斷花導說話，對，我沒禮貌，但我不想讓她繼續針對錯誤的東西說個不停，導師的權力沒有大到可以顛倒是非。

花導瞪大眼睛看著我，她是真心瞪著我的，我可以感受到她的不甘心，因為她唇抿得超緊，眼眶開始積累液體。

最後她深吸了一口氣，別開了眼神，以高高在上的姿態坐回位子。

「她們是去聯誼。」

◎◎◎◎◎

花導吃了秤陀鐵了心，堅持不承認自己錯誤，或是不能認，身為導師她怎麼有錯對吧？總之，她口徑沒改，堅持大家就是去聯誼。

說穿了我都不是任何一方的當事者，我就是看戲的，觀看戲劇時要保持安靜，不管是真的戲劇還是人生戲劇，保持一個重點：不關妳的事就不要多開口。

沉默是金很重要，先觀察再說話，沒搞清楚事情原委前，多說多錯。

暑假過後升上高二，我們的教室換到另一棟樓的二樓，只是沒想到更換的不只是教室，連同學也幾乎大洗牌！我們全班幾乎生生換掉了一半的人，也就是說，有一半的人轉學、另一半是其他班級的同學。

我們學校走階級制度，簡單形容就是一整個年級概分成一等、二等跟三等班，這當中有少數班是二三類組，絕大多數是一類組。

每個等級可互相流通，每學期依據學期成績更動：例如一等班裡成績不好的就被刷到二等班，不符二等班資格的人也會被刷到三等班，這部分學生無法有自由意志；而三等及二等班裡成績優異的都能往上升。

唯獨頭等班人只出不進，到了高三這些人就是菁英中的菁英，務求上榜率百分之百。

我在三等班，因此，班上成績好的人都願意升等到二等班，廢話，班上一學年都這種氣氛，一般人都會想跑吧？那些成績再差的已經沒有選擇了，班上過半數的人只剩留級一途，沒幾個人想要在高中生涯中浪費一年，所以紛紛轉到其他排行更後面的私校或高職去。

那一等跟二等班上學年成績不佳的，也陸續打到我們三等班來。

小芬派瞬間打散，幾個月前聲勢浩大的她們，一轉眼只剩下十個人……這種淘汰率也太驚人了，我還以為她們全神貫注上花導的課後，數學能有所精進，結果好像是想太多，她們真的就是專心瞪她而已。

妙的是領導型的人：小芬、雅麗、楓兒、小菱跟文珊都留下，雖然她們成績不是全能，但不得不說楓兒數學頂尖，小芬跟雅麗英文極強，都是那種一科獨秀型的。

班上換了血，花導活力值瞬間點滿，滿面春風、神采奕奕，因為我們都知道，上學期的「掌聲鼓勵」將不復再見。

轉進來的新同學都很快各自成派，根本不會有人跟小芬一掛，而且她們也不瞭解我們班的歷史，所以小芬完全無施展之力。

「真無趣。」我這是肺腑之言，「我本來還期待新招的。」

「喂，妳真的是看戲耶！」伊月無奈的搖頭，「這樣也好啦，不然她們要槓三年嗎？」

「為什麼要槓三年？這事明明很簡單啊！只要花導向小芬道歉就好了！」

我相信就這麼簡單！小芬要的也不多，在重男輕女的家庭裡，她不會去希望花導跟父親澄清什麼，反正她橫豎都是會被揍的那一個，她就是要花導的一個道歉啊。

不過花導也很硬，咬死她去聯誼就是聯誼，這是無解的結。

大家一副懷疑的模樣，我毫不客氣的直接往前喊了小芬，「喂，王小芬！」

小芬回過頭，伊月她們都嚇得倒抽一口氣。

「幹嘛？」她一臉睡眼惺忪，剛剛地理課睡得很熟嘛！

「妳跟花導的事怎樣才算了結？」

伊月在桌下一直踢我的腳，覺得我幹嘛哪壺不開提哪壺！

「哦？沒了啊，還早得很咧！」她懶洋洋的說著，「只是我現在人手不夠，很難搞事！」

「而且同學都離開，心情很差！」雅麗補充說明，所以她們這陣子都很低落。

「我是問妳，怎麼才能算了結。」我重申我的問題。「要怎樣妳才會原諒她。」

小芬眼神瞬間變得冰冷，「我才不會原諒她。」

她別過頭去時，連我都能感受到殺氣。

好吧！我向伊月她們承認，好像真的沒這麼簡單。

但是失去人手的小芬的確很難動作，她所能做的就只有無視花導，不理會她的教導，但施加壓力或是搗亂這種技倆，全部都施展不開了。

緊接著，轉捩點在開學後沒兩個月中來臨。

小芬翹家了！

她放學後沒回家，隔天也沒來上學，家長問學校，學校問花導，然後花導緊張的開始詢問雅麗她們，獲取一切有用的線索，甚至一通通電話去問轉學出去的學生們。

我們那兩天的數學課都自習，花導急得跟熱鍋上的螞蟻一樣，拚了命的找小芬。

第三天傍晚，終於傳來找到人的消息，最後竟然是花導找到的！

她透過轉學的同學，再找到了她們曾經共同認識的朋友、輾轉找到小芬落腳在朋友的朋友的朋友家裡。

聽說花導是親自去接她的，找到人時，小芬非常排斥，因為她又是被痛毆後離家，根本不想回家，花導在那邊陪了她一整夜；陪她談心，開導她，最後拉著她離開那個寄住的地方，送回小芬家後，也跟她的父母促膝長談。

我必須說，聽到這一切時非常驚訝！那個造謠又無能的花導耶！我對於她的好感一點點增加，不管她是為了飯碗，還是真心為了小芬，但她真的盡力了！她找到了人，還送小芬回家也順便跟家長商談。

這才像是我心目中的導師。

小芬在第四天後回來，回來時有些彆扭，但對花導不再劍拔弩張，再也沒有無視，甚至會主動幫忙，情況整個好轉，連雅麗都瞠目結舌。

「她都放下了，我有什麼放不下的？」雅麗聳肩，「我從頭到尾就是義氣相挺啊！」

有一陣子我們坐很近，所以跟小芬她們更熟了。

「她現在都要我們認真唸數學，要讓花導刮目相看。」小菱無力的說著，她就數學最弱。

「其實這樣好吧？良性循環啊，比上學期好。」伊月是支持良性循環的，「反正冤家宜解不宜結？」

「也是，覺得兩個人都往好的方向去。」我深表贊同。

然後伊月投以極度懷疑的目光。

「幹嘛，我又不是唯恐天下不亂！我就看戲的啊，當然有點起伏比較好看，但喜劇結局也行嘛！」

而且我真心感受到花導對小芬的特別照顧。

或許，她們只是需要一個轉變的契機，只是花導不願意鬆口，小芬也放不下，高一那時才會往更壞的地方去。

小芬的翹家，卻讓花導有機會釋出善意，讓小芬瞧見，情況就截然不同了。

「而且啊，我聽說，」雅麗賣關子般的字字說道，「花導跟她道歉了！」

「咦？」我們可都嚇到了！「真的假的！」

雅麗肯定的點點頭，「就去找她那個晚上，花導陪她哭了一晚，說她沒想到她的家庭是這樣，沒想到她父親會動手把她揍得那麼慘，如果她知道，絕對不會這麼做。」

「蛤？花導搞錯重點了吧？」我覺得莫名其妙，「重點不是她是否告訴家長，重點是她對家長亂講話吧？」

「天曉得她在想什麼？人家導師耶，願意承認錯誤，小芬就ＯＫ了吧？」雅麗倒是不置可否，「我個人沒這麼好講話，不過她是導師，我也不會硬槓啦。」

沒本事就安份點，我懂我懂。

雅麗當初也是翹課的人之一，花導也是跟她家長說去聯誼，開玩笑，身為小芬的閨蜜她怎麼逃得過？只是雅麗家也很開明，所以不若小芬這麼淒慘。

但每個人心中都有把尺，雅麗對於花導的所作所為是過不去的。我也是，只是我對花導的改變採正面態度，過去做的事不會消失，但她在進步、她有補償，小芬也不會那麼痛苦，這沒什麼不好啊！

接下來的日子一樣枯燥乏味，大家都為了考試而唸書，還要忙上學期一堆競賽與活動，高二開始有英語演講跟朗讀比賽，花導毫不猶豫指派雅麗跟小芬，這讓她們兩個受寵若驚，我們原班級的人也相當吃驚。

小芬她們兩個英文很好，雖然不是班上極佳，但是口說能力卻是一等一的好，我相信班上多少都有那種考試一百分，上台唸卻半天唸不出來的人吧？演講跟朗讀，當然要派厲害的去啊！

只是高一的事件彷彿在眼前，花導在班會上宣佈這件事時的自豪感，讓人感覺到她與小芬已經盡釋前嫌了！她是真的用能力在判斷，而小芬一直沒把唸書當回事，口說英文是她的強項後也有格外精進，她也沒想到花導真的會派她出賽，給了她舞台肯定與滿滿的成就感。

事實證明花導的選擇沒錯，小芬跟雅麗都抱了獎回來，小芬受到強烈的鼓舞，不僅再三感謝花導與英文老師，而且也變得認真學習，不想拖垮班上成績，而且希望能在這所學校唸到畢業。

雅麗心中的尺比較硬，她謝謝有這個機會，但這個機會源自於她的能力，她沒辦法做到對花導感激涕零，只是這些內心話是不會告訴小芬，畢竟小芬現在與花導的感情變得非常好。

聽說她們晚上還會講電話，花導會關心她在家的狀況，然後小芬變得更早到校，甚至還會幫花導買早餐。

遇到班上成績低迷時，小芬會站出來信心喊話，希望班上齊心努力，為了自己的成績，也為了班級的榮譽，更能讓花導有面子；說真的，如果不是我一開始就在這個班經歷一切，我都會覺得去年的一切是假象，現在的小芬活像被鬼上身一樣，換了一個人。

從當眾挑釁、折辱花導，到現在情同姊妹……在高二的校慶時，我真的百感交集。

這年校慶，小芬還是總統籌，帶領班上從設想到規劃，然後出攤也是第一組，活力滿滿，就希望得到花導的肯定與讚美。

「大家要注意喔，校慶雖然開放，千萬不要翹課啊！我就是前車之鑑！」

小芬在講台上高聲疾呼時，我下巴都要掉了。

「她現在很開心啊，就好啦！」文珊也是無奈，「開口閉口都是花導，花導好像變成她的重心。」

「正常吧，她在家這麼慘，花導現在是她的媽媽、她的姊姊、她的朋友。」雅麗倒是感嘆良多，「只是我覺得太過了，完全都以花導為主。」

「良師益友啊，不是很多人都說一個老師可以改變一個人的人生？」我照樣樂見其成，「既然小芬家庭這麼爛，花導能讓她變好，那就很棒了。」

「妳也對花導改觀了嗎？」伊月眼裡含著笑意，意有所指。

「改啊，幹嘛不改，人知錯能改就很讚，願意破冰、願意釋出善意，總比一直惡意相向的好。」去年的那種上課模樣，如果小芬真能撐兩年，我也會很佩服。

不過啊，雖然情況變好，但我還是注意到一件事。

那就是人真的很奇妙，一點小事可以遮掉壞事，一點壞事也可以瞬間讓做過的好事灰飛煙滅；雖然花導高一時做的事很差勁，但後來的補救卻能讓小芬釋懷，彷彿那些惡夢都不存在，只關注於眼前良善的部分。

如果今天有個大善人做了一輩子善事，幫助無數人，最後他犯一件作姦犯科的罪行，過往一萬件善行也會被全部抹滅。

我想到這裡時其實很震驚，到底是我們蠢？還是人類的大腦真的這麼好騙？無法中肯的思考呢？

我只提醒自己，看事一定要中立客觀，摒除情感，不能以一毀百，無論好事跟壞事，等到有答案後，再把情感因素考慮進去，才不會盲目。

這件事很難，但多加練習還是可以的，即使被人說冷血也沒關係，判斷事情本來就是要務求冷靜理智，過多的情感都是絆腳石。

儘管我欣賞花導後來的作為，但是她高一時的羅織罪名、胡說八道這件事，也永遠存在不會抹滅，也不會因為她對小芬的好而取消……所以我心裡的尺，應該也是不鏽鋼做的吧！

如此美好的氣氛，一路到了高三，很遺憾的小芬最終還是有幾科未達標準，面臨留級，所以她也選擇了轉學。

高三我們又搬到了一樓，同學成員再換了一批，高二打下來的學生又有一部分轉學了，二等班中又有數名到了三等班，轉眼間一個班級從高一活到高三的原班人馬，竟然剩不到十五名。

我命很韌，還在原班人馬中，但小芬派竟只剩下雅麗一個人。

有階級制的學校當然也沒有寒暑假，一樣都要上輔導課，而且每年輔導課都是直接上下學期的課業，依此類推，等到升高三的暑輔時，就要把高三上學期的課程全數上完，大考小考週考密密麻麻，有沒有放假都一樣。

因為同學又換了一批，我們也懶得再打交道或深交，最後就是我們原班人馬的感情比較緊密而已，應付考試都來不及了，誰有空搞交際？

在暑輔近末尾的班會上，小芬突然一身便服的出現了。

花導也很驚訝，跟班上新成員解釋她的身分後，也讓她一起參與班會，我們幾個挪了位子給她，她一樣坐在雅麗身邊，大家再度聚在一起；她轉學後成為雞首，她現在在那邊的成績變超好，暑輔兩個月每次考試都前三。

跟新同學相處也算愉快，小芬的個性我們不懷疑，她本來就是阿莎力型的。

班會開到臨時動議時，小芬突然舉手，她有話要說，而且要上講台說，花導沒有猶豫讓她上來，默默站到一邊。

小芬顯得很緊張，握著麥克風的手不停張握，也不時的看向花導，拚命深呼吸。

「大家好，我叫王小芬，我之前在這個班唸了兩年，上學期就成績爛所以轉學了……我們班剩下的人不多了，總之高一時我曾經做了很差勁的事，跟導師對抗，也影響到了班上同學上課，我在這裡鄭重跟大家道歉。」小芬突然就對著全班九十度鞠躬，「真的對不起！」

哇，全班是有點措手不及，新同學其實搞不清楚狀況，高二進來的當年略有耳聞，但畢竟沒有身在其中，很難理解；讀書派的數人交換著眼神，也顯得驚愕。

小芬這個鞠躬跟日本人一樣，彎了十秒有餘才直起身。

「我做了這麼過分的事讓導師很難受，當初就是為了讓她難受才做得很過分……但是，去年我翹家時，導師卻這麼努力的尋找我，還一直照顧我。」小芬說著，聲音開始哽咽，略微向右看向講台邊的花導，「導師沒有因為我高一對她做的事而放棄我、或是討厭我，不但鼓勵我，還給我機會參加英文演講比賽，我真的、真的覺得好愧疚……」

說到這裡時，小芬已經說不下去，她嗚咽的語焉不詳，移開麥克風開始抹淚，一旁的花導眼鏡起霧，也克制不住的落淚，接著上前安撫著小芬。

當花導的手碰觸到小芬的肩頭時，彷彿開啟了某個開關，小芬頓時淚崩，直接把頭埋進了花導的肩膀裡。

花導昂起頭，忍著不落淚，擁抱了小芬，像慈母一般安慰著她。

全班都被這氣氛感染，許多人開始拭淚，我沒落淚，但感動的心臟緊窒，看著講台上的這幕，我多想有台相機，拍下這歷史鏡頭，寄過原班同學看看……誰能想像，高一時劍拔弩張的兩位，竟然有一天能和解至此？

不，她們去年就和解了，只是小芬從未跟花導道過歉，所以今天她刻意回學校，當眾表明自己的心情。

有錯就要懺悔，她覺得該還給花導一個鄭重的道歉。

大家都感動得亂七八糟，花導不停拍著小芬的背，跟她說著沒事了沒事了！微弱的聲音依舊透過未閉的麥克風傳了進來。

「怎麼會沒事？我知道那時妳一定很難過……都是我，我這麼壞的學生，妳都還這樣幫我！」小芬已經抽抽噎噎了，「但我真的太笨了，本來說好要待在妳班上直到畢業的，結果還是考得這麼爛……」

「沒關係，妳很優秀的，只要認真，在哪裡唸都一樣。」花導認真的看著她，「在老師的眼中，沒有一個學生值得放棄！」

哇……花導這句話一出，班上淚水潰堤的人更多了，這麼煽情的場面連我都有點受不住，但是內心真的是大受感動。

可小芬沒完，她突然吸了吸鼻子，大退一步，放下了麥克風。

「但是我還沒跟妳道歉。」她扯扯嘴角，用哽咽的聲音大聲說著，「老師，對不起！請原諒我對妳做過的所有事！」

九十度鞠躬，那力道又大又急，藏著她百分之兩百的真摯。

小芬真的帥到沒話說，不管是整人或是道歉全都是在大街上的風格，要道歉就要公開，她當年可以率眾公開每天跟花導對抗，現在也能當眾向花導道歉。

花導自然趕緊上前扶起她，不停的搖頭。

「我當初也做錯了，我不該說妳們去聯誼的！」花導下一句話，真的讓我們瞠目結舌！

花導承認她說謊了！承認當時她硬栽贓罪名給小芬她們！

雅麗的臉部線條在瞬間變得柔和，默默的抹去臉頰上淚水，她回頭看向斜後方的我們，大家都噙著淚含著笑，一切盡在不言中。

兩年的心結，就在這瞬間解開了。

我都不得不對花導給予高度評價，她最終承認了自己錯誤，儘管小芬家的家暴是個問題，她當年翹課也該受處分，但是沒有做的事就是沒有做，花導不能把「翹課外出」，一律歸為「聯誼」。

大家在意的就是這一點，而今花導正面承認了自己的錯誤。

那天班會，全班就在淚水與欣慰中度過，心裡頭有一種陰霾大開的感覺，雖然這件事從頭到尾都不關我的事，但是見證這一切還是備受感動的。

勇於認錯很痛苦，但真的很有效，直面的不僅是自己的錯，還有自己的懦弱，犯錯時都能這麼理所當然，為什麼認錯時卻無法呢？

我們被直指錯誤時，惱羞成怒通常是第一反應，有人說這是因為保護自己的直覺。

那是因為懦弱，才不敢承認自己的錯誤，如果是一個明智明理的人，當別人指出錯誤時，儘管可能一時氣憤、一時覺得被冒犯，也不需要當即反嗆，或許該平心靜氣的先思考，而不是激烈的惱羞罵人。

這是我在高中時就有的體悟，很遺憾的時至今日，我發現活了這麼大把年紀，大多數人依然是會被情緒左右，而對付這種人，真的很累。

最後，小芬跟我們一起放學，一同踏出校門，小芬臉上洋溢著燦爛笑容，在大家的見證下，把一直放在她鉛筆盒裡，那張兩年前校慶日的電影票根扔掉了。

所有的誤會、痛苦、委屈也都在這瞬間扔棄了。

◎◎◎◎◎

高三開學日，雖然說一直上著暑輔課跟有沒有開學都一樣，但開學還是有個儀式感，這天都沒上什麼課，各科導師們都是在訂立下學期的目標與課綱，自習課足足有兩節，並挑選出新學期的各單位股長，事情也算不少。

一切討論完後，大家換新位子後大掃除，導師照慣例要說些話。

歡迎新同學那些不在話下，重點當然是高三是最後衝刺年，大學窄門就在眼前……當年真的是窄門，大家這一年會非常辛苦，而黑板角落的倒數日子早在暑輔時就寫上了。

然後，花導有感而發似的，講起了幾週前小芬來訪的事，還有當年的種種，有同學好奇的問小芬翹家那天發生了什麼？花導也跟大家解釋當天發生的事，以及她陪著小芬的徹夜長談；否則之前小芬被找回來後，花導與小芬是隻字不提當日發生的細節，知情者雅麗她們對外也不會說太多，唯有之前聊天時曾洩漏花導私下致歉。

說著說著，花導感性的聲調又哽咽起來，她很努力地克制不讓自己哭泣，但淚水似乎難以控制，總是默默滑下，前排座位的同學趕緊遞上面紙。

「妳們不知道，我高一那年過得真的很痛苦，我每天起床想到要來學校，都覺得生不如死……」花導緊緊握著麥克風，「幸好主耶穌帶我度過了這一切！」

嗯？啥？我錯愕的抬頭，望著隔壁的伊月，我是哪邊跳TONE了嗎？

「導師妳信主的喔？」有人好奇的問了。

「嗯，我那時真的太痛苦了，沒辦法處理這件事，每天都在想今天大家會鼓掌幾次，我甚至跪著去求校長，說我無法勝任導師，所以想要辭掉導師一職……」花導拚命的顫抖深呼吸，「但校長跟我說，這是逃避，我必須面對……所以我後來也曾經想自殺過！」

喂喂，我開始覺得不對勁，現在導師是在親身示範遇到事情要選擇自殺跟逃避嗎？

我知道她那時一定很痛苦啊，這就是小芬的目的，給她精神折磨！只是她現在公然講這個是……？

我同意小芬手段高明也殘酷，她不罵人不打人，不動花導一根寒毛的情況下可以讓花導生不如死，當年她說過不會放過花導就是這個意思啊！花導自始至終也無法處理這個情況，聽起來學校知道也沒有要協助處理……但我以為事情在她們感情變好、相互講開且道歉後結束了！

我不明白，在這個新班級新學期的班會上，花導開始敘述她之前多可憐多淒涼想自殺給全班學生聽的目的是了什麼？

雅麗緊皺著眉，表情變得很難看，死死盯著台上的花導。

「我們早就聽過這班的學生很過分！而且導師被欺負也沒人出面幫忙？」有幾個同學突然義憤填膺的出聲！花導也有在另一個二等班教數學，那幾個就是從那班打下來的。

「對啊，老師以前在我們班上課上到一半還會哭出來！」有同學直接轉過來，看向我們原班的這群，「劣根性有夠差的！還坐視導師被欺負！」

靠夭，現在是說當學生的要保護老師就是了？身為導師不能只有威權不會處理事情啊！始作俑者是她耶！

「我終於明白，為什麼那天小芬公開道歉，全班哭成一團時，就她們幾個臉都很臭了！」伊月恍然大悟。

那全是花導另外教過的學生啊！

「好了，事情都過去了。」花導開口制止，「她翹家那次真的是轉機，我費盡心思的照顧她，向她示好，拚了命才把關係扭轉過來，這一切我相信妳們都知道，我付出了多少的努力……」

我眉心下意識蹙緊，不知道為什麼，我怎麼覺得花導形容的「努力」，很像哪邊怪怪的……在炫耀？還是在哭訴自己的身不由己？

花導頓了頓，身子開始因壓抑而顫抖，她像是突然繃不住的淚水潰堤，到了難以換氣的地步，在那片嗚咽聲中，花導說了一句我終生難忘的話。

「**妳們都不知道，她轉學我有多高興！**」

咚！晴空中一記響雷，打在我們幾個頭上。

我們都傻了……或者狹義的說：原班的同學都傻了！

我們看著花導在上面哭泣抽播，不不，她才不是哭，她是在笑啊！

她是欣喜若狂，對於小芬終於離開這個班、離開這個學校而狂喜！

就算有一個人對妳掏心掏肺、無微不至的照顧妳，她所做所為都有可能是虛假的！

當她那天說「在老師的眼中，沒有一個學生值得放棄」時，內心不知道有多痛苦！能說出這麼虛偽的話也太令人佩服了！她早就想放棄小芬，她說不定天天祈禱小芬成績敗壞快點轉學！

所以我衝出去吐了。

我沒有辦法控制痙攣的胃，衝到廁所裡吐得一乾二淨。

把我的尊重、對人的信任，也一併吐光了。

我沒想到，這師生之誼非但不是喜劇結局，還是令人噁心的想吐的反胃結局！

◎◎◎◎◎

每次我只要跟朋友提起這件事，大家都會在最後緊皺眉心，瞠目結舌，還伴隨著噁心。

「這也能當老師？」陳堯秀覺得不可思議。

「別把老師放在高道德標準上，他們也是人，普通人。」我聳了聳肩，「雖然我覺得花導有點超出一般人的作為，反正我看到她就想吐。」

「好爛的人。」陳堯秀完全無法接受，「虛情假意成這樣，我倒寧願她直接嗆小芬，而不是用這種手段。」

「所以我們也小看她了，本來以為她弱弱的，但手段一流。」

即使她是世人認為作育英才的老師、即使她看似對一個學生盡心盡力，傾注所有，但一切都是假的。

那天的道歉、和解，全部都虛偽到令人作嘔，而狂喜的歡呼，才是真切的。

「那妳們有告訴小芬嗎？她要是知道那會崩潰吧？」

「對，她一定會崩潰的！長久以來的信任與託付，都是一場謊言，花導根本把她當成燙手山芋，甚至非常討厭她，所以這件事她不能知道！」我肯定的笑著，「所以——大家很有默契，誰都沒有說。」

就讓小芬繼續懷抱著那溫暖陽光般的信任，讓她對未來懷有希望，讓她持續熱情的寫卡片給花導；雖然花導這個人很差劣，但以結果論而言，她還是引導小芬走上了好的道路。

好心辦壞事很常見，但壞心偶爾也能辦上好事，沒有事情是唯一標準的。

「我覺得你們做得很對。」陳堯秀真切的說著，我們的沉默，也是拯救了一個靈魂。「然後呢？我想整個高三妳應該都不會給那個花導好臉色吧？」

「怎麼可能？我超鄙視她的，看到她我就會反胃的噁心！」

同月的教師節，我收作業去辦公室時，看見了擱在花導桌上的一疊教師節卡片，扣掉班上送的卡片之外，有一張單獨擱在一旁，那是外頭寄來的，上面是小芬的字跡，我看得只有心寒。

花導剛好走回來，看見滿桌卡片顯得很高興，一一收拾整理，然後還笑著跟我聊天，開玩笑的問：妳的是哪張啊？

陳堯秀聽了瞪圓雙眸，「妳才不可能寫吧？」

「怎麼可能？我直視著她的雙眼，在一堆老師面前對她說：妳不配！」我挑高了眉，旋即一笑，「可是，我現在想法不同了！當年太幼稚，或許，我還真的該寫張卡片給她呢！」

感恩於該位導師的言傳身教，讓我充份瞭解人性，深刻明白——**即使面對某人的掏心掏肺，也要防患於未然。**

「可以寫啊，她還在學校嗎？寄給她！」陳堯秀鼓勵著。

「她離開學校了！」說到這兒，我不禁笑了起來，「她後來成為神職人員，傳播福音去了呢。」

噢……我從陳堯秀的眼中看見了困惑，但我相信這樣優秀的老師，既能造福我們，也一定能造福他人的。

師者，果然傳道、授業、解惑啊！

第五課

踩著別人往上爬

今晚我「合群」的好友們緊急相約齊聚，都是為了心情低落的米米，她在公司遭遇了重挫，所以大家排開萬難，約她出來加油打氣。

不必上班的我抵達餐廳時，米米不但到了，還開始在喝酒了！

「喂，不要太扯喔！」我趕緊取走她的調酒，「都沒吃飯就在喝，妳酒量又不是多好！」

她看著我，立即就要哭出來了，雙臂一張直接環住我，「小菁啊……」

「好好好，等明雪她們來，大家好好聽妳說！」

「說什麼，越說越難過！」

「不說妳更痛苦，妳少來，我還不知道妳嗎？」我把酒杯挪得老遠，請服務人員先給我們個小點心讓她墊墊肚子。

等到大家都到了，她才可憐兮兮的述說她淒慘的遭遇。

米米是公司裡資深主管，負責許多重要的報表與帳目，金融業許多部門均環環相扣，真的很少有什麼事會是一個人的責任；上週恰逢金管會來查帳，有筆帳出了狀況，公司就炸鍋了。

這筆帳其實跟米米沒有直接關係，甚至所有文件上面都沒她的章，是她同部門一位小雨負責的，但小雨也未曾出錯，事件是從位在分公司的會計部開始起風，再燒到風險控制部門。

會計部有一個米米的舊友，叫家瑜，以前她們是在同一部門，後來部門改組，家瑜便調去會計部。

早上十點，一通電話打到了米米桌上；「小心，帳有問題，公司現在正在抓。」

電話一接起來劈頭就是這麼一句，米米根本丈二金剛摸不頭腦，

「嗄？」

家瑜已經掛掉電話，剛剛用氣音說話又神秘兮兮，聽起來像是偷打的。米米根本聽不懂她在說什麼，但是帳有問題是很糟糕的事，更別說

金管會現在在公司裡啊！可她做事一向仔細，不可能會有錯啊！

十分鐘後，一通電話打到她主管的辦公室，然後火就燒起來了。

有一筆風險控制部的帳目有問題，總之對不起來，會計部那邊不能確定問題出在哪裡，他們還在調原始資料，但會計部不覺得錯在自己；風控部認為他們做出來的東西是依據報表上已存在的數字，更不能賴他們，所以在會計部找到證據前，事情當然就落在米米部門頭上。

米米立刻被叫過去，主管居然二話不說、劈頭就罵，叫她即刻去找出那個報表，要立即修正；米米幾乎是用跑的，到倉庫找到了紙本存檔報表後，快速的在倉庫一翻，上面是小雨的章，並不是她負責的。

問題是這份報表乍看之下沒有很大的問題啊。

但，那並非是米米經手，她也不能確定，所以先拿著報表衝回辦公室。

「我找到了，是我們三年前做的！」米米揚著報表奔回，「當時是小雨負責的……」

她回頭才想叫小雨，主管卻忿怒的拍了桌子。

「還在小雨！都什麼時候了妳還在推託責任？」

咦？米米都傻了，推、推什麼責任？這根本不是她做的啊！

「會計部說他們沒有錯，風控也沒錯，但錯的當然就是我們部門，這不就是妳的錯嗎？」主管走出桌子，對著米米一陣痛罵，「報表這麼重要的事妳都能做錯，妳是不是太自以為是了？以為自己好像是主管就了不起？這幾年給妳點機會讓妳表現，就大尾了？」

米米簡直不敢相信主管在飆什麼，「我沒有！會計部不是還沒找出原始檔嗎？而且這份報表就真的不是我……」

「還在詭辯！這種時候還在那邊分你我？這是事關全公司的事！妳怎麼會這麼自私自利啊！」主管吼到整層樓都聽得見，「給我立刻去把帳目修正好！快點！」

米米多想把文件甩到主管臉上，但是她不敢！因為這是她好不容易努力爬到的位子，這份薪水、這個職位，她不能因為一時的情緒就把工作丟了吧！

那種說不爽不要做的年紀已經過了！只有年少輕狂跟還沒工作的人，才能說出那種不負責任的話！

什麼不爽不要做？什麼叫嗆老闆出得起香蕉只能請猴子？等在社會上滾個兩年，誰不是每個月都在等香蕉？

咬著牙，米米捏著文件夾回到位子上，她回頭瞄了小雨一眼，示意她過來，她做的帳她應該有印象啊！

她打開來檢查，直到確認完畢為止，小雨都沒有過來，但她卻不能回頭喊她，因為只要她一喊，主管鐵定衝出來覺得她又在推卸責任；米米氣到胃痛，傳訊過去小雨都已讀不回，她抓起文件，小雨不來，她過去總可以吧？

結果她才起身回頭，就見小雨逃命似的往外走去，說著要去洗手間，卻正眼都不敢對她一眼。

「米米！弄好了嗎？」主管一瞧見她起身，又再破口大罵，「拿來給我看！」

米米有苦難言，她拿著報表進去，根本找不到一絲錯誤，但是她現在開口動輒得咎，報表遞給主管就是了。

「哪裡錯了？怎麼錯的？」主管一拿到就問，連翻都沒翻。

「我找不到錯誤，請主管幫忙確認……」

「找不到？叫妳找個錯誤都找不到？要妳做什麼用！」主件把文件甩上了桌，「給我滾出去！直到找到再進來！」

米米超想拿桌上的水杯尻下去，但她還是忍住了，為了工作為了工作，她現在只要賭氣的甩東西離開，就再也沒有回頭路了！吃人頭路，她就只能忍！

她回到座位，逼自己冷靜下來，報表裡的計算完全沒有錯誤，那就只能從會計部下手，是否原始檔案出了問題？會計部根本還沒找到原始數字，他們從未說過他們沒錯。

於是米米一通電話打去了會計部，問他們檔案調出來了沒？

「還沒啊……米米姐！」接電話的女生聲如蚊蚋，一副怕被發現的樣子，「我們那個報表系統鎖在電腦裡，叫不出來啊！」

「叫不出來？」米米傻了，「點開來啊！」

「電腦有密碼的，負責那份報表的人現在不在，還叫不出來啊！」

「……不在？我連廁所都不敢去上，這種時候能不在？最多也就倒茶上廁所，都兩小時了，東西呢！」

「我們本來以為她在改，結果剛剛一問，她說正在做今天的工作，還沒空找那份原始報表！」會計部的女孩說得都要哭了，「我們都快急瘋了，請她先把這份報表放在優先，結果她包包一拿，說要去吃飯了！」

我、的、天、哪！米米腦袋一片空白，她多想立刻衝到樓下，叫計程車過去揍人！

「誰！誰負責的！」她咬牙切齒的說！

「家瑜姐啊！」

咦？這瞬間，彷彿有道雷打在米米身上——家瑜？這件事是她負責的？

米米喔了聲，她意外的沒生氣，只說拜託家瑜回來立刻幫她找出報表，然後緩緩掛上電話，同時也傳了封訊息給家瑜，拜託她幫忙。

但她突然明白怎麼回事了！家瑜是在陰她嗎？家瑜的個性非常可怕，如果她此時跟家瑜硬槓，家瑜極有可能連公司都不回，說身體不舒服下午請病假，要是明天再請假，她就吃不完兜著走了。

家瑜就是幹過這種事的人，當年全世界都急著她的報表，有人不客氣打電話催她，她立刻請病假走人，隔天週休二日，再急的事也都做不了，週一到公司連醫生證明都有，誰也不能責備她，最後連董事長秘書都得讓她三分，從此之後沒人敢催她東西。

米米不能冒險，家瑜萬一真的請假她就死定了。

電腦密碼只有家瑜有，他們公司就是這樣，像她負責的報表與資料只有她有密碼，要解開就得請ＩＴ，但非到必要，沒有人會希望動到ＩＴ。

米米那天連中飯都沒辦法吃，一直等著電話，她傳訊給小雨，問她這份報表的事，小雨只回了：「米米姐，我覺得我不該多話，就拜託妳了！」

拜託？拜託？這是她的事嗎？

主管也沒離開，就在透明辦公室裡死盯著她，一直處於盛怒狀態，米米都不知道一向很器重她的主管為什麼今天會這般暴躁？而且她甚至肯定主管是針對她！她有做什麼事惹到主管嗎？

她也不能去揪小雨罵，米米只能裝忙，一邊祈禱會計部的結論。

午休結束，主管又出來飆了一次，就是說她沒用、無能、犯錯、愚蠢、自以為是、丟部門的臉之類所有羞辱性言詞，米米還是只能吞；下午三點半，會計部那邊終於傳來檔案，打開一看，就是會計部的問題！

數字果然有誤，米米不敢耽擱的趕緊更正，再送到風控部去，總算趕在下午五點前，將一份正確的報表送出去。

帳目吻合，金管會就此放下。

主管連句辛苦了也沒講，也不管前因後果，他要的只是事情解決，五點半人就離開了，還說今天太煎熬，要跟會計部主管去吃燒肉。

「小雨！」主管前腳一走，米米就衝向小雨，「妳一整天不作聲也太惡質了吧！」

小雨像被嚇到一樣，仰望著米米，下一秒潸然淚下。

「我……我是為了妳好啊！」她嚇哭了起來，「家瑜姐跟我說，如果、如果要平安，就不要說話比較好！」

米米又傻了，「家瑜……她什麼時候跟妳說的？」

「就、就早上？她說上面有我的章，如果出事我扛不起，但妳沒關係，主管很器重妳、這個部門沒妳不行，妳一定可以處理好的！」小雨抽抽噎噎，「而且妳是我上司，越多人介入越亂，要我不要妨礙妳做事……」

「妳這叫逃避責任吧！妳傳個訊也好，一見我就躲，擺明不想管事！」米米根本不想聽她廢話，「如果上頭叫我去道歉，妳一定也得去！」

小雨接著竟嚎啕大哭起來，辦公室裡的人紛紛側目，現在的情況就像米米欺負下屬一樣！但是她忍夠了，她不會再忍了！

「拜託，自己做錯還找下面出氣，好沒品喔……」

離開公司前，米米卻聽見其他同事在女廁裡講她的閒話。她已經什麼都不想管了，她真的又累又氣，回家吃了兩桶冰淇淋，又大哭了一場。

「然後呢？」郭怡菲幽幽的問，「妳鐵定是被陷害了吧？」

米米點了點頭，一臉如喪考妣。

「最後沒追究嗎？至少要搞清楚是哪個部門的錯吧？」蕭以貞不以為然，「不是已經證實是會計部的錯了？這種一般都會開檢討會的。」

「哼，檢討會。」米米冷笑，「沒有那種東西！」

「怎麼可能！這麼大的事——」連陳堯秀都嚇了一跳。「各部門都同意？」

「因為鍋我揹了，已經有人出去頂了，大家還開什麼檢討會啊！」

米米說到這裡便義憤填膺，「家瑜真的是太厲害了，她完全抓住了主管們的心態！」

家瑜一開始就是故意的，她先通知米米，假裝盡到了一個做朋友的義氣，同時通知小雨，要她千萬別沾這件事；再告訴會計部的人，這件事百分之九十九不是會計部的錯，一定是米米那邊出了狀況，因為當初經手的是個新人，也就是小雨。

所以會計部認為自己沒問題，主管也不急，因為事情很快就會落到米米身上，他們會計部不會有事；家瑜還跟自家主管說，這件事必須要好好處理，對米米說話更要客氣，別忘了米米心高氣傲，才剛連升兩次官，是該部門多重要的人吶！米米的主管沒她都不行了，所以我們會計部態度一定要注意，急事緩辦，千萬別罵米米。

這番話很快地從會計部主管口中，傳到米米主管耳裡，所以那天主管才會劈頭對米米就是一陣痛罵，罵了一整天，就是要銼米米銳氣，主管更是無法忍受米米瞧不起他的姿態——雖然這一切，從來就不是米米的本意，她也根本沒說過。

都是家瑜說的啊！

事情最後是會計部的錯，但當年做帳的人已經離職了！現在相關事務雖是家瑜負責，但她三年前還沒去會計部，這件事本來就不關她的事，她可以撇得一乾二淨。

而一聽到各部門準備要開檢討會，家瑜趕緊跑去跟自家會計部主管說，會議萬一認真開起來，會計部真的要認錯嗎？認錯之後，米米的主管會不會生氣？而那天米米被罵成那樣，最後豈不是大家都下不了台？大家都尷尬啊！最重要的是，這事是離職同事犯的錯，追究不到誰，反正事情解決了，沒必要大家在檢討會上爭得臉紅脖子粗，傷了部門間的感情就不好了啊！

會計部主管覺得有理，聯絡了各部門主管，用家瑜的說法講述了一遍，最後檢討會直接取消！總經理只在主管會議中隱晦的表明，以後主管級遇到事情不要暴躁，說話要留意，不要進行人身攻擊，平和處事。

但米米的主管，自始至終沒向米米道歉。

「然後今天，我聽說家瑜升職了，因為幫助部門解決問題有功。」米米簡直欲哭無淚，「而我上個月升了第二次職，卻不予加薪，因為我三個月前才升過一次，主管說明年再幫我加。」

這其實就是明升暗罰吧？

掌聲響起，除了我之外的朋友們同步鼓掌，她們對這家瑜肅然起敬啊！

「好厲害啊！連不在同一個地方、不同部門都能做到這樣！」

「而且全身而退就算了，還升官！」

「傻米米，人家踩著妳往上爬就算了，妳還被一腳踩入泥裡了！」

米米看著大家，淚水在眼眶裡開始打轉。

「好了好了！」我連忙緩頰，「她就很難過了，妳們別再說她。」

「沒人說她啊！我們是陳述事實，那個女人真的就很厲害！」

「換做是我還做不到咧……」郭怡菲一頓，「是下不了手，我對踩著別人上去沒興趣。」

蕭以貞也同意的說，「我也是，踩到光頭怎麼辦？我們防範，但不需要樹敵。」

米米嘆了口氣，哀怨的說：「我怎麼一直吃這種虧呢？為什麼大家要這樣？」

陳堯秀笑看著米米說，「這就是社會啊！都這麼多年了，妳不會還相信什麼人性本善，良性競爭吧？」

「是不會信啦！但就是……還是想存善念。」

明雪這時義正詞嚴的開口了，「誰不是希望心存善念？妳可以存著想對別人的善，但必須有所防範，而且必要時也要出手。」「人性的良善光輝很美，但惡毒的事卻能輕易把妳打下地獄。」

陳堯秀立即補充，「而且人性之惡比善的部分多得太多了，更強烈也更殘忍。」

米米依舊難受的問，「妳們也遇過這種踩著別人往上爬的人嗎？」

「學生時代應該比較沒利益關係吧……」

明雪幽幽開口，「錯了！有人的地方就有利益，單純如小學生也是有。」

小學爭模範生爭班長，都能見到血淋淋的人性，但要說明雪被陰得最明顯的一次，就是小學四年級的科展……

◎◎◎◎◎

科學展覽會，是四年級才能參與的活動，各班會推派一到兩名學生參與全學年的科展，定好某日開放參觀，接著由學校的導師們評分。

那是競爭激烈的比賽，比一般運動賽事或國語文競賽地位又更高，因為科展還象徵著聰明與組織能力，總能給學生滿滿的優越感。

有些班級在初選時就爭得頭破血流了，因為並不是相關科目成績好就能參加科展，這個考驗的還有撰文能力、組織能力、實驗能力等等，一般導師都會先挑好幾名出來，陪著學生一起研究，以最終成果而論，誰的實驗最有看頭、最符合科學研究，就推派誰出去。

但是那個年代有許多導師基本上只看成績，都推班上的第一、二名出去，並不管他們是否對這個主題有興趣，或是真的具有實驗精神，所以才會爭得頭破血流，吵得不可開交。

該時張明雪的四年級班導倒是很公正，他一直是個理智派的老師，條理分明，邏輯清楚；老師評估各方面後，選了五個人同時進行科展專題，但最後只會推派一人出去，除非難以取捨，他才會去做特別申請推派兩人。

但不是每班導師都會推派兩人，因為這也關係著導師的眼光，如果胡亂推薦出去，導師的能力會被質疑。

總之，張明雪也雀屏中選，五個人之間只有一個阿宗勉強可以算是她的競爭對手，最終應該是張明雪跟他兩人二選一的局面。

平時大家關係很好，但從擬定主題開始，阿宗就不太跟大家說話了，分組跟導師報告大綱跟研究方向時，他還直接提出想私下跟導師談，並不想公開在張明雪們幾個面前談。

這種有什麼好抄的咧？主題就不同啊，但阿宗防心這麼重大家也就算了，不過明雪心裡還是覺得有點難受。

她在家的實驗也沒懈怠，觀察、記錄、繪製圖片，總之都希望能做得完善，時間一直在倒數，直到一個月前，跟導師報告完進度後，阿宗突然跑來找張明雪了。

「張明雪，我有事要跟妳說。」阿宗神秘兮兮的，要她到外面講，「很重要。」

他們現在最重要的事只有科展了！張明雪自然跟著他出去，他們沒在教室外，阿宗真的找了一個超安靜的角落，附近都沒有人。

「妳昨天是不是在我之前跟導師報告的？我進去時，看見導師一直在搖頭。」他嚴肅的說。

「搖頭？」這讓張明雪心一沉。

「對，我從前門進去的，但是導師位子不是背對前門嗎？我就聽他跟隔壁導師說什麼……這個不太行，你是不是覺得太簡單了？」阿宗邊說，指向右邊，張明雪回憶著，導師右手邊是……隔兩班的導師。

「田老師也有看我的東西？」

「應該沒有，但我看見妳的報告在導師桌上，而且我們跟導師報告時，其他老師都聽得見啊！」阿宗有些焦急，「我站在那邊不上不下，不敢退回去又不敢讓導師知道我在偷聽，嚇都嚇死了。」

張明雪已經急得直冒汗了，「然後呢？田老師說什麼？」

「田老師說：有點！但是他回導師時，一回頭就看見我了！」阿宗吁了口氣，「我不覺得妳的主題太簡單，是方向太簡單嗎？但導師說我的方向跟結論都很有意義，我有故意說大家的也很讚啊，但導師又搖頭，我就再說那明雪的一定很棒，結果導師沒回答耶！」

天哪，張明雪覺得背脊發涼，心底一沉，每次她去跟導師報告時，導師都只是說：「很好，繼續加油。」沒有其他評語，更別說不可能提到有意義這幾個字了。

「導師為什麼不直接跟我講啊？」

「會不會是實驗做到後面，才發現沒什麼看頭？我姊參加過很多次科展，她說要有話題性才會受矚目！」阿宗不安的再往附近瞥了眼，「我希望我們班可以兩個人出去參賽啦，妳快點加油！」

「我要怎麼加油？」張明雪當下都慌了，實驗都過半了啊！

「我不知道啊，就改方向？還是弄得厲害點？」阿宗也提不出好建議，「但妳不能讓導師知道我偷聽到他們說話喔！」

張明雪連連點頭，腦子根本一片空白，時間所剩不多，她一定沒時間重做，只能就原本的主題改變方向了！

人說壓力會使人潛力爆發是真的，張明雪回去後立刻利用現有的東西改變方向，但其實她自己還是覺得原版最好，新的方向看上去雖然好像比較顯眼，但認真探究後，深度根本不夠……不過正如阿宗說的，先能出去參賽再說吧？

再過一星期，張明雪給了導師新的方向跟畫在筆記本上的草圖，告訴導師她打算改變的方向，而且新方向花費的時間也不需要這麼久。

結果，導師翻閱著張明雪寫得歪歪斜斜的筆記本，眉頭卻越皺越緊。

「妳為什麼想改成這樣？」他抬頭問她。

「因為……我想要有話題性一點，原本的東西好像太簡單了？」

「嗯……妳如果想改老師是尊重的，只是有點突然！」導師有些不能理解的模樣，「我知道妳可能對科展沒什麼興趣，但原本那個如果認真做完，還是很棒的啊！」

張明雪愣住了，呆看著導師。

「我對科展沒什麼興趣……啊？」張明雪自己都沒印象，什麼時候說過這個話。

「我知道妳比較喜歡偏藝文類的東西，但平時的實驗也是做得不錯，我還想說至少妳會為了班上全力以赴。」導師重重的嘆口氣，「但老師並不想逼任何人，妳不想參加可以直接跟導師說的，不必用這種方式讓自己選不上吧？」

導師後來講什麼張明雪都聽不進去，她只覺得導師彷彿在形容一個她不認識的人——因為她明明很有興趣，而且也沒有不想參加！

「老師，你沒有覺得我原本的主題太簡單無趣嗎？」張明雪突地打斷了導師的碎碎唸。

「不會啊，誰說的？不是我吧？」導師狐疑的看著張明雪。

張明雪看著導師——**老師跟阿宗之間，有一個人說謊了**。

「我以為你覺得太簡單，對我的主題失望，所以才想改。」張明雪努力深呼吸，「而且我非常想參加科展，我對實驗一直很有興趣，從來沒有不想參展啊……我有跟你說過嗎？」

導師看著張明雪，嘶了一聲，「……沒有。」

「那看來你也真的沒跟別人說，我的東西太簡單了。」張明雪幽幽的說著，「請放心，我會照原路線製作的。」

導師沉默，他聽得懂張明雪說什麼，直起身子還在喃喃，「跟別人說？跟誰？」但他不是要明雪回答，只是逕自低下頭去思考。

辦公室裡的張明雪站在導師桌前，他們彼此都沒說話，沉默瀰漫。

良久，導師把筆記本還給她。

「這樣妳來得及嗎？」

「沒問題，我是新增加可以改變的方向，但原本的實驗並沒有中斷，想說以防萬一。」張明雪聳了聳肩，「不過有人問的話，你可以說我改了一個爛方向喔！」

導師卻只是微笑，「繼續加油。」

張明雪抓著本子走出教室時，她都快把本子捏爛了，氣得半死的她衝回教室想找阿宗對質，但此時已是放學時刻，今天他比張明雪早去找導師，就是為了這個吧！

阿宗該不會就是故意的吧？讓她把實驗改掉，時間急迫下又想不到好的方向，一旦主題變糟，他就鐵定入選了啊！

真的是爛透了！

不過懷著一肚子氣到了隔天，張明雪就取消了罵人或是對質的衝動，因為如果阿宗否認的話，情況會變成是她在造謠生事，在班上吵起來只是讓全班覺得他們在計較小事。

張明雪後來就決定不跟阿宗說話，如果他跑來問也不正面回答，專心做自己的事就好了。

妙的是阿宗還真的沒有跑來跟她討論改變方向的事，有別於那天殷切期盼他們兩人都入選的情境截然不同，那天之後完全不聞不問，真的是司馬昭之心！

明雪長大後回想這件事，最可怕的不是過程，而是當年他們年紀還這麼小！

一個月後，科展順利展開，一幅幅大海報掛在教室裡，供家長跟老師們參觀，實驗成品擺在海報下的桌前，讓大家方便搭配觀看。

張明雪跟阿宗的海報在不同桌，但位於同一間教室，隨便一轉身都能看見彼此，他自然也瞧得見張明雪並沒有更改方向的成果。

是的，導師最後指派了兩個人，沒有什麼電視劇裡大快人心的結局，例如導師讓張明雪出賽、剔除阿宗之類的。

因為人們做事要看的是大局。

「導師同時派你們出去，會不會失望？」在收拾現場時，導師特地留下來幫張明雪收拾。

阿宗父母兄姊待到最後，已經收好先回家了。

「有一點，但是他做的東西真的是沒話說。」張明雪必須承認這個事實。

「對，就是因為做得很好，我才兩個人都推派。不過我也知道，是他告訴妳主題太簡單，還說我對妳失望的對吧？」

張明雪點點頭。

「那老師也跟妳發誓，我從來沒有在你們任何人面前，批評其他人的成品或講壞話。」導師制止張明雪收東西的動作，要她看著他，「所以妳也沒有抱怨過科展很無聊，不想浪費時間做這個對吧？」

張明雪倒抽一口氣，「我也跟老師發誓，我從來沒有說過。」

「那好，我相信妳，妳相信導師嗎？」

看著導師那個小小的鳳眼，張明雪點了點頭，她是真的相信這位導師的。

「他為什麼要這樣？」張明雪無法理解，「他想害我嗎？就因為他想要參賽？」

「是啊，真的是很聰明。」

「可是可以兩個人都出賽啊，他為什麼要這樣做？」

「因為少一個人參賽，就少一個人跟他競爭總名次啊。」導師笑著搖頭，「這就是踩著別人往上爬。」

「太過分了吧！」張明雪氣得都想摔實驗試管了。

「不，等妳長大就會知道，現在妳覺得過分，但未來社會上這就是普遍現象，這麼做的人太多了。」導師直白的告訴她，「而且未來不是每個人都會像老師一樣，去瞭解背後的原因，知道妳被冤枉！」

張明雪嚇了一跳，「大人都這樣嗎？」

「不是都這樣，但等妳進入社會後會知道，在職場裡想拉別人下馬的情況太稀鬆平常。」導師看著張明雪，「到時你就覺得阿宗做的只是小事，還很拙劣，一下就被發現了。」

張明雪啞然失聲，「大人世界好複雜喔！」

「人的世界本來就複雜，而且大家為了自己的利益都會不擇手段。」導師將海報紙捲好，「我們能做的，就是不要去害人，但防人之心不可無。」

「有辦法嗎？」張明雪不以為然，「我這次就差點就被害到了不是嗎？老師剛剛也說以後不是每個人都像你一樣厲害，會去找背後的原因。」

「錯了，老師完全沒有厲害！因為我如果真的要教訓阿宗的話，就應該只推妳一人參賽就好了！但是因為他做得好，有機會為班上爭光，為了班上的利益，我還是會選擇他。」導師苦笑起來，「如果學校規定只能推一個人，我一樣會選他，犧牲妳。」

這就是為了班級爭光吧！因為一個人代表一個班，要派有得名希望的出去，就算阿宗耍了心機跟手段，還是靠實力說話。

「好現實的世界啊。」張明雪有些低潮，「如果以後都是這樣，不會有無力感嗎？」

「會啊，長大後很常都是滿滿的無力感啊！」導師說得無奈，「所以才說要防，只是早晚妳也會遇到根本不會聽妳解釋的人。」

「為什麼？如果我真的沒有錯呢？像我從來沒有說過不想參加科展啊，一問就知道……」

「他們不在乎。」導師說了殘酷的事實。

不是每個人都會在乎事實的。

這對張明雪而言是個震撼教育，靜下心來思考的確是，關於她不想參加科展的話，誰知道阿宗是多久前說的？老師又放在心裡多久了？如果那天導師沒有講出來，說不定她就這樣被刷掉了。

而且導師自己也說了，即使阿宗故意造謠，從中作梗，但導師也不會以刷掉他做為懲罰，因為他很有可能在科展奪獎，這是班上的榮譽，比個人喜惡更重要。

「所以導師是在意我們，才會注意到這些細節嗎？」張明雪抱起紙箱，準備回教室。

「嗯，可以這麼說，因為你們只是孩子啊。」導師拍拍她的肩，「這些都是小事，但未來長大後就不一樣囉！當牽扯到更多利益、有業績啦、考績啦、升等時，就會變得非常複雜的。」

箱子裡的試管發出鏗鏗鏘鏘的聲音，跟張明雪的心一樣，亂七八糟。

「我真希望以後不要再遇到這樣的事，這樣害人，把人拉下往上爬很好嗎？」

「很好啊！可以升官、升職，像阿宗就想著可以剔除一個競爭對手，大家都是利己派。」導師再輕拍張明雪的頭，「防不勝防，人們沒事時很善良，遇到利益時就不一樣啦！」

「難道就不會失敗嗎？然後被反擊？」她幼小的心靈裡只有滿懷不平。

「會啊，踩久也會踩到光頭打滑摔下來，也可能拉人下馬失敗被發現，可能剛好又遇到一個明是非的主管，那下場就會很糟……不過呢，成為大人後妳會知道，很多事大家會以和為貴，就算知道也不會說破，知道阿宗這樣的人做過什麼事，大家也只是放在心底，在沒有犯大錯之前，是不會對他怎麼樣的。」

張明雪嘟起嘴，這話說得真有理，就像現在科展結束後，她也不可能跑去罵阿宗，萬一他真的得到科展名次，她還得恭喜他呢！

「心情好差！」張明雪嘆氣，把箱子放在自己座位上。

同學差不多都走了，阿宗也已經離開，科展本來就只有上半天課，沒興趣的同學都中午就放學了。

「要面對、要調適，你們現在可是人生中最快樂的時光了，長大有很多課題，讓心情差的事多到數不完呢。」導師還憋著笑，「記住導師所說的，心存善念，小心防範。」

張明雪噘高了嘴，「啊你剛剛還說防不勝防。」

「總是道高一尺、魔高一丈？」導師還有空跟張明雪開玩笑咧。

十歲，四年級一個小小的科展，張明雪就被別人「踩著往上爬」，如此很深刻，也非常警惕，此後她對於阿宗自然保持距離，但表面上還是做著導師說的「以和為貴」。

她跟導師什麼都沒說破，科展隔天阿宗立刻就來找張明雪聊天，滿口稱讚，說她的東西做得真好，一定有機會得獎；張明雪擠著笑容道謝時，她發現自己好像突然長大了好幾歲。

最後阿宗得了全校第二名，張明雪在台下認真的鼓掌，回到教室後她還跑去恭喜他，對阿宗說他得那個獎實至名歸。

心裡再討厭，她也能自然的笑著祝福——然後等待著也可以踩他的那天到來吧？

◎◎◎◎◎

「咦……」米米瞠目結舌的看著對面的明雪，簡直不敢相信，「十歲耶！」

「嗯哼。」其他人都一臉不意外，「已、經、十歲了！」

「拜託，我們小二時班上爭模範生的嘴臉才可怕。」我回想起那時同學的嘴臉，不遑多讓。

「不必扯這麼遠，光學齡前手足間爭寵的心機就夠瞧的了。」陳堯秀笑了起來。

「那妳後來有踩他嗎？」米米比較在意這個。

「沒有啊，小學生能有什麼機會啦！也沒必要啊！直到現在也覺得一個科展就搞成這樣真的很扯！」明雪搖搖頭，「可是我慶幸我及早學到了。」

她望著米米，後面沒說的話是：哪、像、妳……

「可是一邊心存善念，又要防範也不是那麼容易的事吧？」蕭以貞百感交集似的，「真心對我好的人我一定存善念，其他有必要時……還是得拉下馬。」

郭怡菲也只能微笑，「那是當然，但是要判定真心與否真的很難……也太累了。」

「求學時代就很難單純了，更別說出社會後了。」我深有同感，「連我這種沒吃人頭路的SOHO族，都照樣有一堆複雜的勾心鬥角咧！」

「你們才嚴重吧？你們都這麼擅長文字，拿筆跟刀一樣！」郭怡菲冷笑著。

我立即指著她，豎起大拇指，她懂！她真懂！

「FB打開來都很清楚……」蕭以貞也挑了挑眉。「一堆評論或是……嗯，你們知道我在說什麼。」

懂！大家都懂！

「哎唷，但要怎麼防啊？我這次真的超慘！」米米搥了桌面，刀叉都跟著跳躍。

「就也有防不勝防的時候啊，妳那個朋友比妳高明太多了，是個很強的人，又掌握主管們的心態！」明雪只能拍拍她，「那些主管們，根本不在乎妳有沒有做，也不在乎實情，只要事情解決了就好！」

「而且妳要小心功高震主了，米米。」陳堯秀提醒著，「小心別成為被殺的雞。」

「我就只是盡自己的本分啊！這樣我豈不是吃悶虧了！」米米不甘的嚷嚷。

「這就是人生啊！」前菜送上，我動起刀叉，「妳就是要多份心眼，小心防範，以後呢，有機會踩回去。」

米米皺眉，緩緩叉著生菜沙拉，「踩人喔……」

「這叫回敬，我們不主動害人，但也不能讓人平白害我們對吧？」郭怡菲開導著她，「爾虞我詐、人性本惡，除了警覺外，也要有反擊能力的！」

「妳找天有空，我陪妳去挑禮物！」蕭以貞提出建議，「順便找找看有沒有名目可以送禮。」

米米眉頭都揪在一起了，「送誰？」

「主管啊，妳的主管、會計部主管、風控也要，還有那個小雨，尤其是家瑜更要送！」蕭以貞唸了一串名單，米米氣到臉都漲紅了！

「我還要送家瑜？小雨？」她抓起刀子，用力握在手中。

「更要送！」連陳堯秀都無奈了，「妳不把小雨拉過來要推向別人嗎？趁機跟家瑜打好關係也不會少塊肉啊！」

「我、我……」

「要做樣子就得做徹底，沒必要樹敵的。」郭怡菲嘖嘖兩聲，「最後能對她們好到掏心掏肺，大家對妳都沒防心，以後要動作時也更乾淨俐落啊！」

米米瞠目結舌，「奇怪耶，妳們到底上的什麼學校啊，為什麼這麼小就學這些有的沒的了！老師這樣教對嗎？」

「超對的！我可是很欣慰呢！幸好我提早學會了！」我立即表明心跡，「少走了很多彎路，做自己好自在咧！」

「我也是，如何察言觀色、怎麼樣做一個讓大家都開心的人！對我的人際關係超有幫助！」蕭以貞立即對老師表示敬意！

「對啊，我也不會輕易被人踩踏陷害！」明雪跟著點頭。

「我只知道妳要有被討厭的勇氣。」郭怡菲淡淡的說著。

「我那麼早知道爾虞我詐、懂得運用人心管理，還有不讓別人操控我，也是拜我那個殺雞儆猴的老師教導啊！」陳堯秀笑了起來，「沒殺死我的，必使我更強大？」

「從不需要說什麼孩子不懂，事實上，小時候聽到的太多說法都不過是粉飾太平，等我們長大後再去碰撞，又要質疑小時候接收到的理論，然後在難受與挫折中成長。」我承認我說這些時是看著米米的，「幸好，有這些老師讓我們更早能思考，看清人性深處的那一絲邪惡，多好？」

這些導師教導的才是最真實的，在殘酷的人生路上，受用無窮。

不要相信什麼誰會有報應，那都是安慰的話，世界上本是相殘相爭，勝者為王、敗者為寇。

認識自己、洞悉他人，人性偶爾的光輝與善真的很美，但是惡質的那一面太可怕了，心存善念，但必要防範著被人傷害。

小時候，我總覺得大人的世界很複雜，也曾有「你們大人都這樣」的感覺，直到長大後，大家都會明白，這才叫人生啊。

蕭以貞叫了瓶紅酒，侍酒師為我們一一斟上，大家對米米傾囊相授，身處在這群朋友中，我們從不覺得難受，找到了適合的群體，就沒有不合群之說了！

我們有著相似的個性、歷程與觀念，這些都會成為養分，化成文字，進入到我的小說之中。

我總說我寫的是驚悚靈異，或許寫的其實是恐怖。

但恐怖的原因從來不是鬼，是人。

•後記•

謝謝您看完這本書。

小時候，你們有沒有好奇問過老師一樣的問題呢？為什麼老師對某人特別好？老師，憑什麼誰誰誰可以拿那些東西？或是質疑過學校某些奇怪的規矩？甚至，質疑過老師的做法？

如果你們問了，會得到怎樣的答案呢？是殘酷的真相？還是無關緊要的粉飾太平，四兩撥千金？

換個位子，如果今天你是老師，有學生問你同樣的問題，你們又會怎麼回答呢？

我想，會像書中老師這樣處理的人應該不多吧？因為小時候，老師們總會給予孩子們正面的回答，走向最光明燦爛的那條路，但其實長大後我們都會體會到人性有多黑暗，校園內會有何等霸凌、威權之下的屈服，乃至於職場中的種種黑暗及不得已。

但我明白，許多人會說，幹嘛教孩子那種黑暗的東西？小孩就是要天真開心啊！我理解，很正確啊，教小孩那種黑暗的人生現實太早了，反正他們長大後自己會去碰撞。

但，其實孩子們的天真，最是殘忍。

身為寫作者，除了自身所見所聞外，朋友們的經驗值也是我的所見所聞之一，豐富的人脈與故事，才讓我喜歡書寫人性相關的故事。

可能會有人覺得，我們這票朋友是因為「敢」或是有一定的反應力，所以才能面對這些事；例如菲菲，她的「不合群」，想必會有許多人、或是老師都恨得牙癢癢的吧？雖然根本沒有規定一定要合群，但許多人就是覺得不可以！菲菲如果沒有一定的膽識，很難熬過這種群體霸凌，如果是某些內向的人，就只有被霸凌更慘的份了……嗯，不對，其實這些人根本不會是不合群者啦！

這也是當然，人有百百種，個性決定命運，菲菲的個性就是能擋得住一切，我們這一票的個性都是反擊型，我也只是寫出事實，沒有刻意強化，但也絕不弱化。

許多人也會好奇，這些同學後來怎麼了？個性能在職場裡混嗎？這真的是問到重點了，八面玲瓏的陳堯秀自然如魚得水，蕭以貞更是人脈王，張明雪可是高階主管等級，而世人所謂「不合群」的郭怡菲自己開公司，她的個性的確不適合職場，所以她有本事自己當老闆。

什麼樣的個性走什麼路，沒有對錯，只是單純記錄我們幾個小時候被授與的「特殊課程」，這些老師們百百款，有狠毒陰險、有鼓吹鬥爭，也有送禮高手、耍弄威權者，他們無一隱瞞，血淋淋的用言教或身教，教育著我們；而我的高中導師其實比起來最溫和，但她卻讓我最為膽寒與不齒。

如此的照顧愛護一個學生，做到情同姊妹，付出所有，結果一切都是假的，那句「沒有學生值得被放棄」，至今言猶在耳，諷刺異常；其實她後面還有更誇張的行為，我怕太過真實，就跳過吧！還是保留一下老師們的良好形象為荷，不然小編很擔心教師團體會來抗議XDDD

所以，照慣例，我還是要補一個：本書純屬虛構，如果雷同，絕對是巧合，拜託不要入座喔！

最後感謝購買本書的您，購書才是對作者最實質且直接的支持，沒有您們的購書，作者便無法繼續書寫，萬分感謝、銘感五內！謝謝！

更願2021疫情快點過去，寰宇安寧。

笭菁

2021.06.15

惡之教程

作　　者　笭菁
發 行 人　林隆奮 Frank Lin
社　　長　蘇國林 Green Su

出版團隊
總 編 輯　葉怡慧 Carol Yeh
企劃編輯　鄭世佳 Josephine Cheng
責任行銷　鄧雅云 Elsa Deng
封面設計　兒日設計
版面構成　譚思敏 Emma Tan

行銷統籌
業務處長　吳宗庭 Tim Wu
業務主任　蘇倍生 Benson Su
業務專員　鍾依娟 Irina Chung
業務秘書　陳曉琪 Angel Chen
　　　　　莊皓雯 Gia Chuang
行銷主任　朱韻淑 Vina Ju

發行公司　精誠資訊股份有限公司
　　　　　悅知文化

105台北市松山區復興北路99號12樓
訂購專線　(02) 2719-8811
訂購傳真　(02) 2719-7980
專屬網址　http : //www.delightpress.com.tw
悅知客服　cs@delightpress.com.tw
ISBN：978-986-510-154-1
建議售價　新台幣320元
首版一刷　2021年06月

國家圖書館出版品預行編目資料

惡之教程 / 笭菁著．-- 初版．-- 臺北市：精誠資訊, 2021.06
面；　公分
ISBN 978-986-510-154-1 (平裝)

863.57　　110008877

建議分類｜文學小說

線上讀者問卷 TAKE OUR ONLINE READER SURVEY

不要相信什麼誰會有報應，
那都是安慰的話，
世界上本是相殘相爭，
勝者為王、敗者為寇。

——《惡之教程》

請拿出手機掃描以下QRcode或輸入以下網址，即可連結讀者問卷。
關於這本書的任何閱讀心得或建議，歡迎與我們分享 :)

https://bit.ly/3cHlTQH